'n Pawpaw vir my darling

JEANNE GOOSEN

in samewerking met Deborah Steinmair

KWELA BOEKE

Alle karakters in *'n Pawpaw vir my darling*
is denkbeeldig. As jy jouself in een
van die karakters eien, vlei jy jouself.

Kopiereg © 2002 Jeanne Goosen p/a Kwela Boeke
Waalburg, Waalstraat 28, Kaapstad 8001;
Posbus 6525, Roggebaai 8012

Omslagontwerp deur Louw Venter
Tipografie deur Nazli Jacobs
Geset in 11 op 14pt Palatino
Gedruk en gebind deur Mills Litho,
Maitland, Kaapstad, Suid-Afrika

Eerste uitgawe, vierde druk 2003

ISBN 0-7957-0145-4

Aan Marietjie Coetzee – 'n
honde- en hoenderpikeur par excellence!

Uiteindelik na
vuurstook melkmaak koskook
skrop stryk soek bêre seks ook nog
styg daar laataand by die skottelgoed
'n seepbel op
en kaats al die kleure van die wêreld.
Sò en sò blom die liefde van papajas
sò en sò val verlede jaar se vlinders
sò versuiker 'n blaar 'n straal son

UIT: DIE HUISVROU VERBEEL HAAR WAT, CORNÉ COETZEE

DEEL EEN

1

AS DIE BEESLAERS DIE SLAG NIKS HET om oor te praat nie,
stry hulle oor my ouderdom. Dis nou weer sulke tyd. Ek gaap,
lig my kop en kyk na die sterre. Ek probeer om hulle nie te
hoor nie. Ek ken al hulle stories en van dié is daar net 'n paar,
die een verveliger as die ander. Niemand kom ooit tot 'n punt
nie.

Nee, reken Vleis Beeslaer, ek, Tsjaka, moet nou omtrent vyf
jaar oud wees, want hy het my net nadat Thabo Mbeki oor-
gevat het, en toe hulle so aanmekaar in Damnville begin in-
breek het, by die Emsie Schoeman-sopkombuis opgetel. "Ja,"
sê Vleis, "Tsjaka moet nou vyf wees, want met die optelslag
was hy toe al so een, een en 'n half jaar oud. Wil jy wed?" vra
hy vir Soufie, sy vrou. "'n Bottel Cape Hope."

"Nee," sê Soufie. "Daar maak jy 'n fout. Die hond moes in
daardie tyd al drie jaar oud gewees het. Ten minste!" sê sy. Sy
kon dit aan my tande sien. En nog iets, oor 'n hond se ouder-
dom moet niemand met haar kom staan en stry nie. Sy het
met die goed grootgeword in die Waterberge.

En so hou die stryery vir ure aan.

Nou vir wat sal ek my oor so iets moeg maak? Asof ek ge-
pla kan wees – vyf, ses, agt of tien – wat maak dit saak? Die

11

klomp hier kan in elk geval nie een ordentlik tel nie. Dié dat die drie Beeslaerkinders jaar na jaar gedop het omdat hulle nie somme kon maak nie. Almal hier in Frik du Preezstraat werk mos alles uit volgens 1994. Dis altyd suffel jaar voor 1994 of suffel jaar daarná. Soos ek vanoggend voel, na die hel wat weer laasnag hier losgebars het, kan ek net sowel honderd en drie wees. Tel die nag se koue hierbuite daarby, gisteraand se Epol waarop ek nou nog wag, en die ossewawielhek wat van bo tot onder toegespan is met kuikendraad om my uit die strate te hou, dan kan hulle net sowel nou al vir my 'n gat begin grawe langs Blackie die kat s'n. Dié het mos nou die dag omgekap nadat Mabel, die Beeslaers se jongste, die arme ding te veel Aspro's ingejaag het. Glo vir katjig. Of dis wat Knoffel, die brak met die windhondbloed, gehoor het Hannie van Oorkant sê. Sy, daardie Hannie, het mos altyd iets oor alles te sê, weet van alles en almal, veral as dit by diere kom.

'n Hond wat meer depressed is as ek, moet nog gebore word. Ek is nie die soort wat agter slot en grendel gehou kan word nie. En hier sit ek nou, opgesluit in die Beeslaers se jaart met nie 'n kat se kans om ooit weer hier uit te kom nie. Daarvoor het Vleis gesorg nadat die skut my hier kom aflaai het. Die ou tor met die kakiejas wat die skutlorrie dryf, het die Beeslaers gewaarsku hulle gaan reguit koort toe as hulle my nog een keer in die strate kry. En dan kom daar nog 'n helse boete ook by. Al die wette wat hulle deesdae uitdink! Hulle neuk nou al glad met ons arme honde. Elke tweede ou skree vryheid, maar dit tel nie vir 'n hond met wat hulle 'n free spirit noem nie. Van so iets het hulle nog nooit gehoor nie.

Ek is so 'n soort hond, een wat inmekaartrek van ellende en deur sy hele lyf pyne kry as hy ingehok word.

Ek moet hier uit, maar hoe?

Ek het al die hoenderhok aan die een kant van die jaart uitgecheck om te kyk of ek nie 'n gat onderdeur kan grou sodat ek van daar af tot in die Bonthuise se joint kan kom nie. As ek eers daar is, kan ek darem die pad buitentoe vat deur die gat in die honeysuckle-heining. Maar zat dice. Die verdomde hoenderhok se draad is tot onder in die grond, ónder in die klippe ingesement.

Ek kan ook nie deur die ossewawiel veel sien wat in die straat aangaan nie, want die gholfbolposbus langs die hek bederf my uitsig. Die nuus wat die klomp straatbrakke aandra wanneer hulle kom been lig teen die posbus, maak my net meer de dinges in. Kamtig my tjoms! Ek sien mos hoe lekker kry hulle omdat ek ingehok is. Die honde hier weet presies om die pad te vat as die skut se lorrie sy draai in hierdie geweste kom maak. Jy kan die ou tjor al hoor aankom as hy deur die Taspoorttonnel begin sleep. Ek is gewoonlik die een wat dit eerste hoor en die ander waarsku, maar hierdie keer was bad luck aan my kant.

Dis alles Makkie se skuld, daardie dikgevrete teef van weduwee Huibie Holzapfel – hulle noem haar sommer Huibie Hoëhol. Sy, Makkie, het my besig gehou met haar geflirtery, haar ge-oërondrollery en daardie soort van ding. 'n Reun is ook maar net 'n reun.

Knoffel, die een met die windhondbloed, het netnou hier by die hek kom sê dat daar 'n nuwe teef in Frik du Preezstraat aangekom het. Nogal 'n Franse poedel. Een wat verdwaal het. Kef glo met 'n Wôterkloof-aksent. Knoffel sê die chick het 'n rooi strik bo-op haar kop. Haar regte naam is Mignon, maar Hannie van Oorkant, wat haar ingeneem het, noem haar Fifi. Mignon. Watse blêrrie naam is dit vir 'n hond? Dié Mignon het baie stories, vertel haar mense het haar elke week laat was, blow wave en opdoen by 'n doggy parlour. Sy't ook 'n tweede prys op die Durbanse Dog Show gevat. Nogal Durban, nè, ek sê! Daardie Engelse plek by die see waar ek hoor ou Vleis vir Soufie heen gevat het vir 'n langnaweek-honeymoon. Die poedeltjie is glo baie down. Dis wat Knoffel sê. Hy is nog een wat alles weet en dan lieg hy nog dik stukke by.

In elk geval, oes soos ek voel na die nag se dinge hier, sal ek graag die besigheid met die strik op die kop wil sien. Hoe de hel het sy hiér uitgeslaan?

Ja, ek is meer as net dik de dinges in vir Vleis en Soufie. Hulle het weer laasnag daardie bottel Cape Hope seergemaak! Soort van elbow-to-arsehole-styl, soos Knoffel sê Hannie van Oorkant-hulle skinder. As die klomp Beeslaers eers op 'n stasie is, kan jy vergeet om 'n oog toegeknip te kry.

Die bottel se prop is gisteraand ook skaars geruk of ek sien daardie Cyril Phosa uitkom uit sy kamer langs die garage en oor die gras aansuiker om sy jis in die Beeslaers se sunken sitting room voor die TV te gaan neerplak. Was ek nie toe al so opgefoes van die depressie nie, het ek dit wragtig vir hom gemaak. Vir al die kere dat hy sy bol spoeg na my kant toe mik as hy die slag die tuin doen. Dis nou as jy die drie rye ywe wat al begin saad skiet, 'n tuin kan noem. En nog 'n ding: ek wens hy wil vir 'n verandering iets anders leer sing. Ek is nou al tot hier toe dik vir Shosholoza.

Amper terselfdertyd klok Hillies Grobbelaar en Wouter Bungalow ook in vir wat hulle noem 'n sundowner. Hillies Grobbelaar! Daar is vir jou 'n storie! Sy kan 'n dop vat, en dan moet jy haar nie verkeerd opvryf nie. As sy die slag haar temper in reverse gooi, kan jy haar tong tot by die smeuloonde hoor idle. Haar size is genoeg om jou opsy te laat staan. Ek hoor juis hulle vertel sy model rokke en broeke vir die Groter Vrou by die Afrotietfabriek in Inflammasieheuwel.

Dié Hillies vat nie nonsens nie, is gou om met haar vuiste in te klim as dit moet. Hulle sê sy het al die line manager by die Afrotiet factory opgedinges. Daar was niks wat hulle aan haar kon doen nie, want sy het al die naaisters, die stryksters, die quality checkers en die packers agter haar. As sy 'n strike uitroep, dan is daar 'n strike. En ou Hillies wikkel, skud en skop reg voor met die toyi-toyi. Sy was glo al 'n paar keer in die koerante, in die local knock 'n drops en tot op Rapport se agterblad ook.

Met daardie twee se koms het die party begin rof raak. Jy kon Leon Schuster se Briekdans tot by die smeuloonde hoor, en hoe later hoe kwater. Toe Soufie, wat altyd met iemand moet skoor wanneer sy 'n paar inhet, vir Cyril sê: "Seker nie die piekol op die mat gesien nie, nè? Maar nee, Meneer is mos na 1994 te upstairs om 'n job ordentlik te doen," toe weet ek tjorts, hier kom sports! En net daarna begin Morkels se furniture op HP, wat die balju nou die dag kom opskryf het, rondval. Toe Mabel se bal en klou trousseaukis by die voordeur uitgebollemakiesie kom, begin die bure bakstene op die dak gooi. Een baksteen val toe ook dwarsdeur die geroeste sinkplaat langs die skoorsteen.

Sergeant Kennedy Banda, die ou wat die nightbeat in Damnville doen, kom toe hier aan met sy rave-bril en notebook. Hy klop aan, sê nog ewe ordentlik hy wil nou nie snaaks wees nie, maar die Beeslaers beter sjarrap, want die straat kla. Rusverstoring. Sy sê kry hy ook nie gesê nie, want ou Vleis en Soufie sjarrap hom links en regs terug. Ja, sê ou Vleis die arme Kennedy in, hy moenie hier kom staan en neuk met ordentlike mense wat reg stem nie, vooruit wil kom en af en toe 'n okkasie wil vier nie. Sergeant Banda moet liewer highway toe. Dis nou as hy nie te lui is nie. Die pad daar is vol hijackers en kriminele. As Banda en sy tjommies hulle job ordentlik doen, sal die poelieste nie die slegte naam hê wat hulle vandag het nie: "Kyk hoe lyk die wêreld nou! G'n Christen kan meer snags gerus slaap en 'n ordentlike lewe lei nie. Julle beteken fokol," maak Vleis sy sing-song klaar.

"Mind your language, Mister Byslahr. Crimen injuria," sê die sersant en haal sy boekie uit. Maar toe kom Hillies tussenin en stamp die sersant by die stoeptrappe af. "Bugger off!" skree sy. "It's freedom for all, for us whites too, in case you didn't know."

Almal in Damnville ken Sergeant Banda , want dis 'n omgeelliede klomp mense wat hier woon. Die sergeant is nie 'n onaardige ou nie, al kla die mense dat hy 'n spoil-sport is. Hy krap altyd my kop as hy hier aankom, vat my poot en sê: "Thank you!"

Nadat Hillies-hulle die deur in sy gesig toegesmyt het, het die sergeant toe maar oudergewoonte 'n drienk gaan vat by Soufie se ouma, ou Sally Caravan. Sy bly in 'n woonwa in die jaart langs die hoenderhok. Die Beeslaers het laasweek haar tagtigste verjaardag by Chicken Licken gaan vier. Tagtig of nie, Sally Caravan het muscle. Sy is, soos pastoor Penz van die AGS sê nadat sy nou die dag die Apostoliese Geloof sending se sakresies vir senior burgers oor sestig ver gewen het, 'n vroulike Simson – "one tough old mama – van lyf en in-bors …"

Maar dit moes Sergeant Banda se af aand gewees het, want skaars was hy by ou Sally in, of die caravandeur gaan oop, met die ou lady wat hom met 'n toaster probeer bykom: "Blerrie swart moffie!" jou sy hom uit, en hy wat terug-skree: "Bloody white racist bitch!" Die arme man is hier weg sonder sy kep en sy rave-bril.

Teen daardie tyd het die koue al dwarsdeur my lyf getrek en aan my murg begin vreet. Al wat kom, is my Epol. Ek het toe maar aan die caravan gaan krap en ou Sally het my laat inkom. Al is sy die helskater wat ou Hannie van Oorkant-hulle sê sy is, het sy 'n warm hart vir 'n hond. Maar ook hier het ek verniet gehoop op ietsie met 'n sousie bo-oor. En soos ek darem vandag met 'n kopseer sit van Sally Caravan se toe vensters en die reuk van bedompige step-in en smeergoed!

Ek is so honger dat ek nie weet of ek moet blaf of tjank nie, sit al van vroegdag af met my bek deur die gat by die kom-buis se sifdeur. Al wat ek sover oor my lippe had, is stukke oorskiet uitgedroogte brood en cocktail onions wat Soufie deur die kombuisvenster uitgeskiet het. Dit is nou wat jy noem dankbaarheid. En dan sê hulle die hond is die mens se beste vriend!

Vleis Beeslaer is nie eers werk toe vanoggend nie Hulle gaan hom nog by hierdie nuwe job ook fire. Verder stink die hele ou Frik du Preezstraat. Al wat vullissak is, lê oopgeskeur. Dis Damnville se honde en katte se gesoek na iets om te aas. Enigiets, want in hierdie joint gee hulle 'n dier nooit genoeg om te vreet nie. Die honger is ewigdurend. Dit is net Huibie Hoëhol wat omgee en haar Makkie en Jafta behandel asof hulle lewende goed is wat na waarde geskat moet word. Die hele straat se mense kla oor die stink vullis. Makkie sê Huibie sê die munisipaliteit is al weer op 'n strike. Die munisipaliteit se werkers het Cosatu se optog Uniegebou toe gejoin. Hulle het glo 'n brief vir Jacob Zuma om te sê tot hiertoe en nie verder nie. Makkie sê Huibie sê sy stem not 'n wiel weer vir Kortbroek van Schalkwyk. "Wat het geword van al sy beloftes as die NNP hulle stem kry? Net mooi boggerôl," sê sy, "en verskoon my Frans." Sy begin dink aan die Vryheidsfront. Jy kyk net eenmaal in die twee Mulders se oop gesigte en jy weet dis jou mense. Jy kan hulle woord vat.

Vleis sal seker nou sy gesig hier wys om te kom fout vind met Cyril se drie rye ywe en die opskietbossies onder die perskeboom. As hy die slag met 'n hangover sit, is niks goed genoeg nie. G'n wonder ou Soufie is partykeer so kop-enharslag aan mekaar nie. Maar dit beteken nie dat ek haar vergewe oor my Epol nie. Sy kan vir 'n verandering ook maar dink aan my, Tsjaka, die Beeslaers se getroue waghond. After all, ek is darem ook nie meer vandag se kind nie.

En van die ou spulletjie gepraat, daardie Mabel kan gerus maar haar stêre agter die breimasjien inskuif en vir my 'n jersey brei vir die swart ryp snags. Wragtig, soos dinge nou gaan, gaan ek nie ou bene maak nie.

Noudat die poskantoor Mabel geretrench het, hoort sy aan iets te dink wat die moeite werd is, soos aan die lot van ons diere hier. Maar nee, die ou lui drel sit mos heeldag en aldag op die stoep met 'n Loslyf tussen die asparagus ferns. So nie, is dit voor die TV met die stories waaroor Soufie heel-dag raas – Egoli en The Young & the Restless. Dis ook om-trent al waaroor Mabel kan praat. En oor Charlize Theron, wie dit ookal mag wees. Ek is al moeg van haar Charlize Theron-praatjies. Dis van die oggend tot die aand: Charlize doen dit en Charlize sê dat.

Aan die ander kant kry ek haar ook jammer. Watter man sal byvoorbeeld van haar notisie neem? Net een kyk na daardie gros moesies langs haar linkeroog wat soos 'n tros uitgedorde korente lyk, en hulle hardloop weg sonder om een maal om te kyk. En daarby is sy ook maar 'n ekstra-ekstra outsize nom-mer, daardie Mabeline Beeslaer. Makkie, die laaste een wat kan praat wanneer dit by 'n ander se welbedeeldheid kom, lag en sê Huibie Hoëhol sê Mabel laat haar dink aan 'n re-conditioned fridge.

Maar ek het my eie probleme. Ek moet hier uitkom. Dalk kan daardie symste ou Makkie aan iets dink om my te help. Sy is vinnig wanneer dit kom by planne maak. En sy help graag 'n hond in verknorsing waar sy kan. Die ander brakke hier sien nogal op na ou Makkie. Ek sal haar opchat as sy weer hier verbykom. Ek weet sy smaak my kwaai, daai teef.

2

HIER TEEN DIE HELFTE VAN DIE MAAND wanneer die laaste Cape Hope-bottel leeg is en die geld op, raak ou Vleis mos alwys. Soort van ernstig. Heavy. Ja, dan weet hy alles van landsake, die ekonomie en politiek af. Heng, soos dié man darem vir jou kan perform met daardie brandewynstem van hom! En as hy eers begin, kry hy nie end voordat die voël wat in die horlosie woon, twee maal in die nag by die deurtjie uitgespring het nie. En teen daardie tyd is jy ook al dronk in die kop en half-mal van al die gedruis. Dis dieselfde storie oor en oor. Vleis werk hom so op dat hy later op Mabel se trousseaukis klim, en dan kan jy jou klaarmaak vir een yslike performance.

En moenie vir daardie Soufie weggooi nie! Vleis werk haar in so 'n state in op dat sy later skoon klink soos Makkie wanneer sy vir die maan begin tjank. En kan die klomp Beeslaers vir jou stook! Dis wolke en wolke rook wat by die voorhuisvenster uitborrel en met die straat afdwarrel. Hulle is kompetisie vir die smeuloonde. Makkie sê juis Huibie Hoëhol meen die Beeslaers ondersteun Suid-Afrika se nasionale lugbesoedelingsveldtog.

Hoor net, hoor net daardie Vleis Beeslaer! "Ja," reken hy, "en daar het jy dit nou! Met 'n rand wat sy gat gesien het. Ek het altyd gemeen as ek my stem by die nuwe regering s'n sit en as meer mense soos ek redeneer, sal daar 'n lig voor in Damnville se pad ook kan brand, sodat ons almal kan hoop op 'n beter toekoms. Dis hoe ek sake sien. Ek is 'n Beeslaer, 'n opregte een. Ons is mense wat glo aan vooruitgang en vernuwing. Maar doen hulle iets aan die misdaad? Nee! Hulle kan nie eers die taxi-Mafia sover kry om hulle gears en brieke op te fix nie. As Madiba net nog 'n paar jaar kon uithou! Net 'n jaar dan, sê ek!

"Maar kyk net hoe baklei almal met mekaar, kom mekaar glad met die mes en die gun by. Dan is daar nog die werkloosheid. En wat van die strikes? Nou vra ek julle vanaand: wie van oorsee wil geld in so 'n land instoot? Kyk hoe gaan dit op die highways! Hier ook! Dis 'n hijacker en 'n gangster op elke hoek! Nee, ek weet nie meer nie. Selebi sal iets moet doen, anders weet ek nie! 'n Mens moet jou stem dik maak. Dis mos 'n demokrasie, wat nie beteken dat as Vleis Beeslaer vir die nuwe goewerment gestem het, hy nie mag kritiseer nie. En dis wat nodig is. Kritiek!"

"Kyk net na die prys van petrol," tjip Soufie in. "Jy kan

skaars om die hoek kom met R10 se petrol. En dit gaan aanmekaar op! Daarmee saam word alles duurder! Noem maar op: melk, suiker, Weet-bix, polony, Coke, alles. Nou die dag was Cape Hope R18 'n bottel. Kyk nou! Dis amper al R35 by Solly Kramer. En 'n mens kan nou nie eintlik sê dis 'n drienk uit die boonste rakke nie. Nee," roep sy uit, "ek weet wragtig nie waar alles gaan eindig nie!"

Dikboud Mabel chime nou ook in, skoon hier van 'n ander kant af. "Wat van ons arme lost generation? Ons jonges wat wil vooruitkom in die lewe? Hier sit ek, een en twintig en klaar geretrench, werkloos. Moet bakhand staan by die Arbeidsburo vir my compensation. Dit doen iets aan my, 'n jong vrou. 'n Mens het tog nog iets soos trots en skaamte. As ek Charlize Theron se geld gehad het, het ek ook padgegee. Charlize het die regte ding gedoen. Sy't die dice bekyk toe hy geval het, en ge-let-go. Sy het die kontakte gehad en die regte mense geken wat haar bo kon uitbring. En daar sit sy nou. In Hollywood. Having the time of her life on the swing. Reg bo met die wêreld aan haar voete. And by the byes, bekyk 'n mens haar goed, is sy ook nie *so* mooi nie!"

Nou wonder ek wat Tsjaka is, dink daardie Mabel met haar knit-one-slip-one-tande en tros moesies sy sal dit in Hollywood kan maak? Maar foei tog, ek weet toe ek nog 'n jong brak was, het ek ook maar my drome gehad van by iemand uitkom wat nie suinig is met vleis en sous nie; iemand wat vir my 'n warm slaapplek kan gee op 'n toegeboude stoep.

Daar begin Vleis al weer. Ag tog! Hoor hoe gaan die man aan: "Ek vra julle weer: wie wil geld in so 'n land instoot?

"Hulle jaag ons Afrikaners wat nog iets saam met hulle wou uitprobeer, in 'n hoek in. Ons is vasgekeer. Dis geen wonder dat al hoe meer mense nou na Radio Pretoria luister nie."

"Nou praat jy, Vleis!" roep Sally Caravan uit wat vinnig 'n koppie suiker kom leen het. "Nou wil hulle nog Radio Pretoria ook van die lug af kry. Al plek waar 'n Christenmens nog die waarheid hoor." Sy slaat 'n vlieg vrek met haar plak waarsonder sy nooit is nie. "Ek hoor juis Mbeki is al wéér in die States. Ek wens die donner wil sy mind opmaak en daar bly en vir ons sê: that's how the cookie crumbles. Dis hy wat die hele land so kom opneuk het met sy stories oor armoede, en dan praat ek nie eens van dié ding met die AIDS nie. Hy's nie Madiba se gatvelle werd nie. Wat makeer hom? Ek hoor hy wil al weer 'n nuwe aeroplane ook hê. Wat's fout met die oue? Dit was goed genoeg vir die ander. Vir F.W. ook. Apartheid is mos verby, finish en klaar. Almal is nou gelyk en dié wat nie is nie, vat 'n dop by Vegkop Hotel en hulle baklei dit daar uit. Na Vegkop kan jy maar sê leeu en lam lê binnebout, soos die Here in Openbaringe sê. Hierdie fools wat so wette maak, moet afkom grond toe en tussen ons, die mense, rondstap. Dis nie ons, die wittes wat nou van hoender-koppe sop moet kook, wat die probleem is nie. Dis húlle wat moeilikheid soek waar daar nie moeilikheid is nie."

"Quite true," sê Vleis gewigtig en frons. "Ek stem nou wel nie saam met Ouma oor Radio Pretoria nie, want hulle soek ook maar 'n kommunis agter elke bos. Fact remains, almal kry ewe swaar. En in Damnville, pienk, pers, bont of gestreep, help almal mekaar waar hulle kan. Maar met die taxi's en die hijackers het ek ook my hande in die lug. Die polieste kan nie meer wet en orde handhaaf nie. En wat van die plase? Dis daardie Mbeki. Vandat hy oorgeneem het, is dit dat algar mekaar so aanhits. Die man weet nie waarvan hy praat nie. Vat nou vir ons hier in Damnville. Hier's nie meer apartheid nie. Daar is byvoorbeeld Cyril, so te sê my beste vrind. Daai boy van my is wel swart, maar hy het 'n wit hart. Vat nou die aand toe die Opel nie wou start nie. Het die Van Schoors kom help? Die Bonthuise? Die Bitterbekke? Het hulle 'n broeder-like hand kom uitsteek? Toe, antwoord my! Het hulle? Toe antwoord my, ek wag!"

Dis lank stil.

"Not a damn!" bulder Vleis. "Wie hét toe op die ou end vir Vleis Beeslaer kom help? Wie? Ek vra wie? Cyril! Ja, ons Cyril. Die einste Cyril Phosa van Frik du Preezstraat nommer 24."

Ek, Tsjaka, wat ook hier woon, kan dit nie meer vat nie. Hoor my aan! Ek kan daai kermstem wat so hoog in die lug in opskiet net nie meer vat nie! As Vleis Beeslaer eers op politiek is, móét hy tot op Kerkplein gehoor word. Nee, ek weet wragtig nie. Soos hulle vanaand hier aangaan, en hulle is nugter, nè, is dit vir my amper beter dat die klomp liewer op Cape Hope bly. Met 'n dop in die hand pass hulle darem taamlik vroegaand uit.

"Vat nou my suster Johanna," sê Soufie. "Nou mos Jo-anne vandat sy met daai ryk Engelsman getroud is. Verbeel haar ook haar jis ruik na You're the Fire. Toringhuis in Waterkloof. Hoër as Mount Everest. Tot met 'n lift in om haar groceries op te trek kombuis toe. Maak die regte goewermentsgeluide, ja, maar ek ken haar en haar soort; vee as niemand kyk nie die toiletsitplek af nadat die ousie daarop gesit het. Jammer, maar dis die waarheid al is dit my eie suster. Soutpiele. Die soort wat 'n swarte 'n order kan gee dat dit na 'n kompliment klink. Soos die gesegde sê, bo bont en onder vol stront," maak Soufie haar storie uitasem klaar.

"Die rand is nou op sy heel laagste," gaan Vleis aan. "Dit raak almal van ons. Wit, swart, pienk, pers, bont en gestreep. En van die swartes gepraat. Waar's al daardie huise wat hulle belowe is? Toe!" roep Vleis uit. "Antwoord my! Ek wag!"

Sally, wat seker voel dis nou weer haar beurt, antwoord: "Daai geld vir die huise is op, sê ek julle vanaand. Julle sal nog sien ek's reg. Die miljoene is vir gatswaai oorsee gebruik. En wie betaal daarvoor? Ek en jy. Die taxpayer. Dis hoekom dinge is soos dit vandag is."

Ek, Tsjaka, probeer om nie te luister nie, maar die klomp gaan so te kere dat dit my hele kop oorneem. Ek verstaan mense nie. Hulle wêreld is 'n omgekrapte plek. En dis hulle eie skuld. Wat gaan hulle so aan oor wit en swart en al daai goed? Vir wat sal ons nou met mekaar neuk oor so 'n lot nonsens? As 'n teef op hitte is, vra jy nie uit wie haar ma en pa of watter kleur hulle was nie. Ons groet almal mekaar met 'n nat neus en so sal dit bly.'n Hond is 'n hond is 'n hond. Dis mense wat alles kom omkrap. Veral met skutte en wette. Waar's die vryheid waarvoor almal so baklei het?

Maar hierdie ding met die rand laat my dink. As die rand in sy glory is, dan het Damnville se honde ook sieners ge-word; het almal van ons ons dingese gesien. Dit beteken dis van Epol na No Name Brand en dan moet 'n hond seker maar bly wees dis nie van beeslong tot foggerol nie. Aan No Name vreet en vreet en vreet jy maar jy kom nooit dik nie. Daar is altyd 'n hol kol wat skree vir nog. Daar's iets wat 'n hond moet hê wat missing is in daardie soort kos. Dis daardie ding wat op die ou end van 'n hond 'n hond maak. En net Epol het dit. Kom jy die slag wel aan No Name volgevreet, moet jy weet jy het dit oordoen. As jy nie oortyd skyt nie, blaas jy op. Dis wind op wind, pure gas. As die wind die slag draai, stink die hele straat na No Name Brand-poepe. Met ordent-like kos voel dit darem nie of jou maag vol rotte is nie.

Knoffel, die een met windhondbloed, het vanoggend kom vertel van die soort kos wat Mignon daar in Wôterkloof ge-eet het. Dis 'n soort blokkie wat jou na 'n bekvol wil laat hup-pel. Die pienk goed wat hulle daar vreet, smaak na vleis. Jy't glo min daarvan nodig, want die blokkies swel uit in jou pens. Dit maak 'n hond rats en laat hom in die lug in op-spring. Na net 'n paar skeppe van daai fensie brand trippel jy vir die hele dag rond. Nog iets, dit laat ook nie jou hare uit-val nie.

Mignon treur glo ook omdat die hare op haar een oor uit-val van ou Hannie van Oorkant se hondetjol met die blou la-bel. Of dis wat die ander brakke hier by die gholfbol-posbus kom vertel. Die poedeltjie bly ook aanmekaar krap. Ek het vergeet om te sê: Mignon het kom kennis maak by die osse-wawiel. Ons het aan mekaar geruik en had rapport. Die eerste keer toe ek die Franse poedel met die straat sien afstap, het ek haar goed bekyk. Sy is nie ons soort hond van hier nie. Glad nie sleg nie, het ek gedink, al was die rooi strik toe al af. Sy is iets om na te kyk. Soort van upstairs. Dalk is dit haar manier van smile met die twee hoektandjies wat net so eina-eina oor die onderlip glip. Arme Mignon. Ou Knoffel, die een met die windhondbloed, het glo vir haar gesê dis die lewe van 'n hond in Damnville. Ons jeuk maar almal hier. Ons is gewoond daaraan en sy sal ook daaraan gewoond raak. Dis nou as sy wil oorleef.

Mignon het baie stories. Sy vertel dat die honde daar waar sy vandaan kom se tande geborsel word. Die tandepasta het of 'n beef, 'n lamb, 'n chicken of 'n turkey flavour. Van so iets het ek nog nooit gehoor nie. En dit is sommer 'n klomp non-sens as iemand my moet vra. 'n Tandeborsel sal jy nie in my bek inkry nie. Aai-blerrie-kôna!

Mignon vind ons geselskap hier wel interessant en so aan, maar sy sê geen groter hel as Damnville kon haar getref het nie. Dis die noodlot wat haar hier uitgespoeg het. Dit het alles begin dié dag toe sy weggeraak het. Haar mense het in hierdie geweste na 'n panel beater kom soek. Langs die pad het sy 'n kat gesien, deur die venster gespring en agter die ding aan begin jaag. Toe sy weer kyk, was sy alleen op aarde met die Mercedes Benz doggonners. Missing.

Vleis Beeslaer se stem draal nog steeds. "Die rand is plat op sy gat!" skree hy. Gaan hy dan nooit ophou nie? Hoeveel keer moet ek nog na hierdie selfde ou stories luister: die rand, die hijackers, die petrol, die taxi's en al daardie vis- en paraffien-stories? As hierdie klomp nie nou ophou tjommel nie, sal ie-mand maar vir my ook by 'n diereterapeut moet uitkry soos die een waarvan Mignon vertel het. Dié het haar mense glo laat kom om haar oor haar vrees vir donderweer te help. Sy sê sy mis haar terapeut, veral noudat haar een oor so te sê kaal is en haar krulle koek. Ook met dié dat sy moet klaarkom sonder die doggy parlour een maal 'n week. Sy kan net nie op haar eie aangaan nie. Sy hoor glads allerhande stemme, en as sy nie antwoord nie, raas hulle met haar. Die arme, arme meisie.

Dis genoeg om 'n tefie soos Mignon in 'n diep depro in te dompel. Haar soort is nie vir Damnville gemaak nie. Om mee te begin, bly niemand hier langer as drie dae skoon nie. Dan is jy all sides same side; soort van alkant gatkant. En moet jy kasterolie ingejaag word om te sien aan watter kant jou gesig sit.

Dit is waar wat Sally Caravan gesê het, hier in Damnville kry almal ewe swaar, en so van swaarkry gepraat, waar is my kos, dis al donker nag?

Makkie het netnou hier verbygewaggel. Sy was baie jammer vir my oor die opsluitery en die skut. "Sweetness, not to worry, ek werk aan 'n plan om jou agter daai wiel uit te kry. Dis amper tyd vir Mabel om weer haar Loslyf by die café op die hoek te gaan haal. Wanneer sy daai wielhek ooptik, sal ek haar aan die een bunion beetkry, die een langs die tossel van haar carpet slipper. Wanneer sy buk, kan jy uitglip en teen die tyd dat sy dit agterkom, kan jy al op die hoek van Frik du Preez en Jaap Marais wees. Ek sal vir jou wag by die Emsie Schoeman-sopkombuis. Ons kan dit vier. Mekaar jaag en so aan. Jy weet mos. Miskien is daar genoeg oorskiet Chicken peri-peri, slap tjips en vetkoekstukke wat die straatkinders weggesmyt het. Straatkinders is ook nie meer 'n straatkinders nie. Hulle smaak al lankal nie meer hoender en vetkoek nie. As hulle sê hulle is honger, beteken dit hulle wil by McDonalds ge-treat word."

Hoop het meer brakke aan die lewe gehou as al die

veeartse saam. Ou Makkie kan wel wees wat sy is, maar sy verstaan 'n hond met 'n free spirit soos ek, en dat jy so 'n hond nie opgesluit kan hou nie. Soos die gesegde sê, she is a friend indeed. Meer nog, sy smaak my: Tsjaka, die virielste stud in die buurt.

3

EK SÊ ALTYD DIT KAN NIE NÉT SLEG GAAN met 'n hond nie. Net toe ek ook dink beter dae is vir goed verby, kom die langnaweek.

Die Beeslaerhuis was nou wel nog nooit so omgekrap en holderstebolder nie, maar ek, Tsjaka van Frik du Preezstraat nommer 24, kan vir eers nie kla nie. Die paradys het skielik op my neergedaal – al is ek nog agter slot en grendel.

Ek lê agter die ossewawielhek, my bek op my pote en met 'n dikgevrete pens vol warm, geurige borrels. Dit het lanklaas so goed gegaan, maar laat ek vertel:

Cyril, die ou wat die drie rye ywe hier versorg en wat vir Apools van die café gesê het hy is 'n Manager of Parks, is toe mos af vir die langnaweek. Vrydag vroeg is hy hier weg Pietersburg toe in 'n oorvol taxi met Lucky Dube se songs so hard oor die speakers dat die hele straat uitkom om te kom moan en groan oor die vryheid in die nuwe Suid-Afrika wat nie stigtelike Christene se stilte en musieksmaak in aanmerking neem nie.

Skaars weg, of 'n Kawasaki hou hier stil. En wie klim af? Elvis. Dis nou die Beeslaers se oudste kind, die een wat so prentjies paint en wat 'n waiter is by Full Stop in Melville. En aaits, agterop die bike sit 'n chick.

Toe die bike buite briek, is die Beeslaers uit. En is hulle bly om Elvis te sien! En nog blyer oor die girl agter-op, want ou Vleis het al worried geraak en geskimp dat Elvis dalk 'n moffie is. Dis nou oor die prentjies, sy perm en sy snazzy klere.

My stert het ook vanself begin swaai toe ek Elvis sien, want hy het altyd 'n doggy bag vir my met 'n been daarin; 'n paar tjop-oorblyfsels en 'n klomp slap tjips met gravy.

Nou om by die goose uit te kom! Toe sy, so 'n maere, ewe êtie petêtie van die bike afseil en haar crash helmet afhaal, is dit 'n pikswart Indian cherry. Net daar sluk die Beeslaer-egpaar amper hulle valstande in. Die twee staan daar, bleek om die kiewe en kan nie boe of ba uitkry nie. Loslyf-Mabel breek wind op wind op. Dis 'n aanwendsel van haar, iets wat sy aanmekaar doen as sy nie weet watter kant toe nie.

Daar's nou vir jou 'n ding, dink ek. Die Beeslaers het mos altyd sulke groot bekke oor gelykheid vir almal en hoe hulle die voortou in Damnville neem met politiek en vooruitgang. Daardie skynheilige Soufie ook. Agteraf het sy 'n mond vol oor die darkies, maar by ander mense sit sy 'n heilige gesig op wanneer dié kla oor taxi's en hijackers en korrupsie en al daai goed: "Jy kry die goeie en die slegte onder almal. Onder ons mense ook," sê sy hardegat en ruk haar gesig in die lug in op.

Met die lawaai van die bike is die hele Frik du Preezstraat uit om te kom opcheck en te groet. Hulle ken darem vir El-vis vandat hy nog nappies gedra het. En daar staan Vleis en Soufie toe vinger in die hol.

"Got!" is al wat Soufie uitkry. "Elvis kon my darem vooraf laat weet het. Waar de hel moet ek nou kerrie uitkrap?"

Vleis stamp haar met die elmboog in die sy. "Sjarrap," sis hy. "Die mense hoor jou. Ons moet 'n voorbeeld stel vir hier-die gespuis wat nog nie van transformasie en integrasie ge-hoor het nie. En Elvis is nog ons kind."

"Hi," sê die girl wat Elvis voorstel as Minah Naidoo. Vleis steek sy hand uit en sing musikaal: "How do you do, Miss Naidoo."

Die klomp is toe in huis toe en jy hoor net 'n geskarrel en 'n gespook soos hulle slaapplek vir almal probeer uitpuzzle. "Want," hoor ek Soufie sê, "onder my dak sal daardie twee apart slaap. Maak nie saak wie sê wat nie. Dis after all ook nie asof hulle getroud is met mekaar nie."

Mabel staan op die stoep, trek aan haar moesies en burp aanmekaar. Ek ken haar. Sy is highly upset. Miss Mabeline Beeslaer, wat haar verbeel sy's Charlize Theron se double, se gal is dik. Elvis-hulle se koms beteken sy moet nou haar kamer opgee en in die voorhuis op die settee onder die deli-cious monster langs die hi-fi slaap. En dit noudat sy sukkel met rugpyne, winde bo en onder en sooibrand, met koeksoda van die oggend tot die aand. Knoffel, die een met die wind-hondbloed, sê jy kan haar partykeer tot in Hannie van Oor-kant se kombuis hoor burp.

My doggy bag het ek gekry en tot laatnag aan die been gekou – lank nadat die Beeslaers al gaan slaap het. Dit was lank, lank laas so stil in daardie huis. Die Beeslaers het skoon van die Cape Hope vergeet. Die hele lot is al vroeg bed toe, bek-af en bedroë. Ek wonder wat ou Vleis en Soufie oor dié besigheid vir mekaar te sê gehad het op hulle Morkels-dubbelbed.

Saterdagoggend lê ek nog daar by die wiel en grinnik van die lekkerte, toe hou daar 'n 4x4 stil. En wie klim daar uit? Ou Vleis se ma, Girla van Huis Herfsblaar, 'n AGS-ouetehuis in Witbank. Die Beeslaers het haar mos soontoe gepos met die groot moeilikheid hier. So erg het dit in daardie tyd gegaan dat Vleis en Soufie vir 'n lang tyd van bed en tafel geskei was. Die saak is op 'n punt gedryf by 'n Bles Bridges-konsert toe Bles vir Sally Caravan soen en 'n rooi plastic roos gee. Ja, daar moet nog baie lewe in ou Sally Caravan wees, al staan sy al in die vertreksaal, en al is Girla baie jonger en nog hups.

Die roos staan nou nog op Sally se opvoutafel langs ses geraamde kiekies van Bles. Sally praat mos met die kiekies én die roos saans as sy gaan slaap en soggens as sy opstaan. Daai roos het ou Girla se moer op die konsert laat strip. Die Beeslaers was daarna skaars by die huis of die caravan begin swaai en hik en stik soos die twee ou dollas mekaar bykom met die potte en panne. Glad mekaar se bollas losgeruk – en dit alles oor daai plastic roos van Bles. Want, sê Girla, Bles het háár al vroegaand met die konsert met sy oë uitgesoek en háár later met sy oë nadergewink. Maar toe druk Sally haar lyf voor in en vat die roos wat eintlik vir Girla bedoel was.

In elk geval, Girla is ook skaars met die 4x4 se trap af, of ek sien sy's nie die enigste plakker nie. Agter haar wip 'n maer ou wintie – alles in wit, tot die skoene ook – een sonder 'n haar op sy kop, en met 'n lang rooierige snor wat in punte gedraai is. Nog voor jy hom sien, hoor jy hom groet: "Hellous, hellous, hellous!" Hy spring soos 'n pikkewyn op die pavement en steek sy hand uit na Vleis: "Tango du Toit, dis waar Du Toitskloof sy naam vandaan kry. Al daai grond het aan my mense behoort. Ha-ha-ha!" lag die ou ballie.

Die ou man klapsoen sommer dadelik vir Soufie. Sy lyk maar soos 'n suurpruim. Na die Bles Bridges-bakleiery wat daartoe gelei het dat Girla sak en pak hier weg is, het sy glo gehoop dis die laaste sien van haar skoonma. En hier staan sy nou met 'n man en al. Vleis sê dis die hoeveelste een sedert haar eie man, sy pa, dood is in neëntien-iets-in-die-veertigs. Nie eens iets vooraf laat weet nie.

Voor in die 4x4 sit 'n nors couple, groet nie eers nie. Jy kan sien hulle kan nie wag om pad te gee van die twee ou snare nie.

Hierdie Tango du Toit swaerie nog dit en swaerie nog dat met Vleis toe hy skielik stilbly en op Mabel afstorm. Hy sit sy hande half heilig op haar skouers: "Néé!" roep hy uit en dit klink of hy wil huil. Hy raak met sy voorvinger aan die tros moesies langs haar linkeroog en kry trane in sy oë. "Nee meisie, met hierdie ongelukkigheid moet ons dadelik 'n plan maak. Shame, en dit nogal so 'n mooi ou dingetjie, met 'n ou Anneline Kriel-gesiggie. Dit mag net nie! Eerste beste geleentheid vat ek jou na my neef toe. 'n Plastic surgeon. Die heel beste in die land, nee wêreld. Jy weet van Felicia Mabuza-Suttle nè? Nou ja, daai plooi tussen haar oë, jy weet mos daarvan, jy sien dit op al haar shows en in die media? Nou hy, my neef, het daardie symste plooi uitgehaal. Jy't seker gesien hoe lyk sy nou, nè! So glad soos 'n servet wat met 'n stoomyster ge-press is. Dit is 'n meesterstuk! Nou ja, daardie plooi was my neef se werk. Nog voor die naweek om is, bel ek hom. Hy moet help. Vir Tango sal hy in elk geval alles doen. Ek moet net my pinkie lig. En hy skuld my, die ou bogger."

Mabel smile. Haar oë rol in die rondte. So het ek wat Tsjaka is, haar nog nooit gesien nie. Haar bakkies blink soos 'n skoongewaste piering.

Die swank het haar om die lyf en stoot haar tot by die 4x4 se agterdeur. "Vat 'n bietjie aan," sê hy. Hel, en die man begin aflaai, die een soetkys, boks en parcel op die ander terwyl hy aanmekaar praat.

Teen hierdie tyd loer die hele Frik du Preezstraat se vrouens al deur die vensters. Party kom by hulle voordeure uit en gooi kamtig ferns en josefsklede nat.

"A-ja-a," roep ou Tango hard genoeg uit vir almal om te hoor, "ek kan sommer sien dat met dié dat ek Girla vir my gaan vat, ek in 'n agtermekaar familie gaan introu. Ek het van die begin af geweet my ou Girla is nie sommer van om die eerste draai af nie. My Girlatjie het klas."

Sonder om te groet of om dag hond te sê, is die couple weer vort in die 4x4. En ekskuus, dit kon ook nie gou genoeg nie.

Toe ou Tango met sy klomp soetkyste en bokse deur die ossewawiel strompel, sien hy my mos. Net daar los hy alles en wip op sy tone tot reg voor my. Hy begin my kop en my bors krap tot ek later op my rug lê en kitaar speel terwyl hy die hele tyd met 'n huilstem praat: "Hoe juig my hart nou. Hierdie hond, wat is sy naampie, is my eie ou Dingaan se double. Getrouer sou jy nêrens kry nie. Op my wildsplaas daar doer anderkant Piet Retief, nou Mpumalanga, kon Dingaantjie die vinnigste haas inhardloop en 'n blesbok plattrek nog voor ek kon mik met my Lee Metford. Oubaas se ou honnne," perform die ou en haal 'n stuk biltong uit sy sak en hou dit vir my uit. Ek hap. Ek sluk. Salig, salig!

Dis nou 'n naweek waarna 'n hond kan uitsien al is die hele klomp Beeslaers in hulle glory in omge-ellie. Ek moet sê dis 'n welkome verandering om vir 'n slag 'n ander stem te hoor. Soos dit is, kon ek nie meer daai Vleis se drankstem vat nie. Nog minder Soufie se gevloek en geskel as sy die slag 'n paar doppe inhet.

Soufie wil nog iets sê van 'n ding aanmekaarslaan om te eet, toe skree Tango du Toit: "Not a damn! Die first lady het dag af. Ek, Tango du Toit, het besluit. Foun vir take aways." Hy swaai sy wysvinger vir Vleis: "Ou Swaerie, ek het gesê, foun vir take aways. Hamburgers. Sonder ywe vir my, ek betaal!"

Met dié kom Elvis en Minah dikgevry onder die perskeboom uitgestroll. Tango is dadelik eie met die Indian meisie en begin sing: *"When I'm calling you-hoo-hoo-hoo, hoo-hoo-hoo, will you answer too-hoo-hoo-hoo, hoo-hoo-hoo."*

Hy het haar ook sommer dadelik om die lyf. "Ken jy daai song, my girl?" vra hy. "Hierdie uncle het baie Indian friends. Jinne, ek kan vrek oor daai song. The Indian love call. Mimi Coertze het dit mos op my dogter se troue gesing. Ek kan haar nou nog hoor. Hoor hier, my Minahtjie, ek kan dit nou net nie help nie, maar as daardie Mimi die slag *you-hoo-hoo-hoo* sing, skiet my oë vol trane. Dan kan hierdie Tango du Toit dit net nie hou nie. En daar is niemand wat dit kan sing soos ons eie Mimi nie. As jy op dáái wedding was! Nou ja, daardie dag het ek hoendervleise uitgeslaan wat 'n mens met die blote oog kon sien, Sol Kerzner praat nou nog daarvan.

"Hoor hier, my ou Minahtjie, jy ken seker die Rajbansi's. Nou ja, hulle is ou vrinne van my. As jy weer ou Tiger sien, sê vir hom Tango du Toit van Piet Retief het 'n appeltjie met hom te skil. Moes hy nou wragtig sy setel in Durban vir die ANC gee? Nie dat ek iets teen die ANC het nie. Not at all! Kyk: ek, Cyril, Steve, Jacob, Winnie, Tokyo, ons is almal ou tjoms, verstaan mekaar en als, maar wat ek sê, is dat wat hierdie land nou nodig het, 'n sterk opposisie is. En Durban se hoop was op Rajbansi. Hy't nie die game gespeel met ou Gatcha en ou Goodwill Zweletini nie. Natuurlik ook ou pals van my."

Nou wonder ek, wat Tsjaka is, wie is hierdie Rajbansi en hoe kom die Indians ook nou in die saak. En Durban? Ek weet net Vleis en Soufie was daar vir hulle honeymoon en Hillies Grobbelaar kom glo van daar af. Dit moet 'n plek ver weg van hier wees. Ek het ook net gehoor ou Vleis sê dis daardie plek by die see waar die mense jou aankyk asof jy radio-aktief is as jy Afrikaans praat. Glo 'n ingat plek. Colonial, wat dit ook al mag beteken.

"No, my little love call, ek kan jou seker niks van Durbs vertel nie, nè. En wat daardie mense daar al van kerrie, masala, kaneel, neut, koljander en saffraan vergeet het, moet ons takhare hier nog leer. En soos hulle met 'n mango kan toor! Laat Minah julle vertel. Ek weet sommer ek is in goeie geselskap hier met my Girla se mense. Hulle kyk vooruit. Hulle hou met die tye. Die ou dae is vir goed verby."

Minah kyk groot-oog en benoud na Elvis en pomp sy hand hulpsoekend.

Girla is vir 'n verandering all smiles en obviously baie trots op haar Tango met die wit klere. Op 'n kol toe Girla en Soufie alleen in die kombuis is, hoor ek haar vir Soufie sê dat sy tog maar moet sorg vir aparte kamers vir haar en Tango. "Ons het 'n skoon verhouding," het sy gesê. "Moenie suspisies kry nie."

"Ja," het ek ou Soufie vir Mabel hoor sê, "hier sit ek nou met 'n huis vol mense en waar is Cyril? Maar so gaan dit mos: altyd as jy hulle op jou nodigste het, is hulle op 'n ander plek."

Ou Vleis, wat intussen begin vlam vat het, sê ook vir die suur Soufie: "Take it easy ou Souf, dié Tango het contacts, man. En dink 'n slag aan my ma ook. Dit was seker ook maar lonesome vir haar daar in Huis Herfsblaar. Ou Tango du Toit is dik in die pitte. Het jy daardie rol note gesien? En check daai wit klere. Seker in die States gekoop, want jy sal dit nie hier kry nie. Smile 'n slag, my girl! Jy hoor mos hy't 'n wildsplaas! Sjit, nou met die rand op sy gat kan ons lekker daar gaan holiday hou, en alles op die huis, drienks de lot. Sit maar 'n slag 'n gesiggie op. Al is dit net vir my ma se onthalwe."

Elvis het 'n slag tussenin gekom om vir Soufie te sê sy moenie worrie nie. "Minah is 'n giftige chick, Ma. Jy kan mos sien aan haar klere. Sy eet alles. Like Ma haar?"

Daar is besluit op braaivleis onder die bloekoms by die vibracrete-muurtjie. Die vuur was vroegmiddag skaars aan die brand, toe is die hele klomp al aangeklam.

Al wat 'n vrou is, is 'n waterglas Sambuca, wat Tango 'n ladies drink noem, ingejaag. Tot ou suurbek Soufie stap met 'n ekstra swaai in haar onderlyf.

Teen hierdie tyd het ek ook al 'n hele paar broodrolle in waaraan Tango net 'n hap of twee vat en die res na my kant toe aanrol. Elke keer sê hy: "My ou Dingaantjie het so van Portuguese rolls gehou. Ons het dit altyd katkoppe genoem."

Kort voor vuilskemer kom ou Sally Caravan ook deur die hek aangesuiker van die sustersbiduur af. Sy moes langs die pad 'n paar swigs gevat het. Jy kan dit ruik. Toe Girla haar met dun lippe aan Tango voorstel as die een wat die Bles

Bridges-roos voor haar weggegryp het, druk Sally ou Girla teen haar boesem vas: "Girla, wat verby is, is verby, weg met die wind. Laat ons vergewe en vergeet. Hier in Frik du Preez-straat nommer 24 is ons almal een groot, gelukkige familie." Ou Girla kan niks hierop sê nie. Sy moet in elk geval vir haar ladylike hou voor Tango, en sy sou in elk geval ook nie 'n woord inkry nie. Daarvoor sorg Tango.

Hy is sommer dadelik danig met ou Sally en hand om die lyf met die ou siel. Hy buk kort-kort af, knyp haar aan die knie en sê elke keer: "Oud maar nog nie koud nie, nè my meisiekind."

Ek lê op die grond langs die ou wat my siebie siebie en oubaas se honne noem en my aanmekaar rou wors voer. Tango is 'n nice ou ballie, glad g'n suinig nie, en, soos Sally Caravan, een met 'n hart vir 'n hond. Maar wanneer dit by praat kom, weet ek ook nie of ek hom vir 'n baas sal wil hê nie. Die hele tyd terwyl hy so aanmekaar praat, druk hy ou Girla se hand. Met 'n Sambuca-smile draai sy dan haar gesig na hom, giggel en soen hom in die oor.

Die man is skaars 'n paar uur hier en ek ken al sy hele ge-skiedenis; stamboom de lot, alles van Cloud Nine, sy wilds-plaas anderkant Piet Retief, sy kaart en transport-besigheid wat hy oorgegee het aan sy seun, sy lorries en sy vans en al die hoi poloi mense wat hy ken. Ja, reken hy mos, dis deur hom dat Pik is waar hy vandag is. Toe hy weer 'n keer met sy Pik-sing-song kom, wil ek skyt van verveeldheid en padgee.

Ek is deur die ossewawiel wat ou dronk Sally oopgelos het. In elk geval, die skut is naweke af en niemand is gebodder nie. Ek is later straataf na Makkie toe vir wie ek 'n moonlight stroll skuld op die veldjie langs die Emsie Schoeman-sop-kombuis. Die ou dolla was vas aan die slaap. Ou Huibie Hoë-hol het vir haar en Jafta, die ou mallerige mannetjiesbrak wat heeldag op die stoep lê en goeters sien wat daar nie is nie, dikgevoer met beeslong.

Langs die pad het ek darem vir Mignon, die Wôterkloof-poedel, nog beter leer ken. Bles oor of nie, sy bly iets om na te kyk. Jy kan sien sy is 'n teef met klas. Foei tog, Mignon se depro verdiep. Op die pavement het sy my die storie van haar lewe vertel; die blow wave elke week, die doggy parlour en haar tandeborsel met die chicken flavour toothpaste. Shame. Ek lek haar toe maar 'n paar slae agter die ore en sê ek kan haar dalk nog help as my storie uitwerk. Dis nou as die Bees-laers my nie weer gaan opsluit nie. Wie weet, dalk kan ek haar nog help teruggaan na haar mense in Wôterkloof. Ek kan ook nie juis sê ek is gelukkig waar ek is in Frik du Preez-straat nommer 24 nie. Dit en Mignon se uitpraat oor haar ver-lede het die poedel darem 'n bietjie opgecheer.

By die vuur hoor ek ou Tango gee Sally Caravan raad vir jig. "Boegoebrandewyn," sê Tango. "'n Goeie halwe drink-glas vol. Skoon, met 'n teelepeltjie hunning en drie Grandpa's daarby. Jy roer die spul en dan sluk jy dit met een hou weg. Vinnig, ja vinnig. En jy doen dit elke keer as jy die kriewel-ing voel kom. Na 'n week sal jy my foun en sê: Ou Tango, there's a hell of a lot of life in these old bones of mine now!"

Al die vrouens om die vuur is highly impressed met die ou snaar, en ou Vleis sit ook sy beste voet voor. After all, dié ou Tango het laat val dat hy vier jaar medisyne geswot het. Wits. "Opgegee met die oorlog. Maar toe erf ek darem die wildsplaas. Nou ja, julle weet self wat verder."

Ek sien hulle deur die drie rye ywe aangestrompel kom. Dis Hillies en Wouter. Hulle stap ingehaak. Ek gee pad. Hil-lies trap alles plat wat voor haar is. "Long time no see!" roep sy uit.

Tango spring op en wys Hillies na sy sitplek. Hy maak 'n buiging: "Setzen Sie sich!" roep hy uit, "And pardon my Ger-man." Hy draai sy kop skuins na Vleis: "En wie het ons hier? Dolly Parton en partner? Be my guests, I'm honoured," sê hy en sleep nog 'n stoel nader vir Wouter.

Vleis stel voor: "Ontmoet Hillies Grobbelaar van Durban North, maar nou hier in ons midde, en Wouter Bungalow."

"Howzit?" sê Wouter. "Die regte naam is Bungelowski, maar hier sê hulle sommer Bungalow vir short."

"Bungelowski?" vra Vleis en maak sy oë toe. "Laat ek nou dink. Ek het mos daardie naam al gehoor. Waar was dit nou weer? Wag, sjuut … " Hy steek sy wysvinger in die lug op.

"Sy pa-hulle se mense," sê Hillies. "Pole. Hy het Poolse bloed in hom. Dis net sy ma wat van hier is."

"Well I never," sê Tango. "En dit moet telepatie wees, net vanoggend sê 'n stemmetjie vir my: kry bietjie Count Pushkin vodka. Maar daaraan het ek my toe nie gesteur nie. Die naaste wat ek kan aanbied, is 'n cane'tjie vir die pyntjie. Ek sê altyd as die geselskap oukei is, maak die drienk nie saak nie."

Hillies help haarself aan 'n Black Label, haar favourite drienk. Net voor sy die inhoud in haar keel afgooi, sê sy: "Alle eer aan Wollie die beer, waar dié een gaan, gaan vele meer!"

Tango skink vir Wouter, laat almal hulle glasies omhoog hou en roep uit: "A toast to Count Pushkin!" Hy swaai sy hand teatraal. "En help julleself. Koedoewors. Waar dit vandaan kom, is daar nog baie."

Girla trek Tango aan die mou. "Sit nou, my Tangelang. Onthou, ons is hier om weg te kom van alles. Rus nou 'n bietjie. Onthou wat dokter Ziervogel gesê het." Girla draai na Soufie. "Oral waar ons kom, gaan dit so. Almal ken hom, hy help almal, deel uit en hulle tap hom leeg. Ek sal my voet moet neersit." Dis duidelik dat Girla baie groots is op haar nuwe boyfriend. Dis vir my, Tsjaka, duidelik dat die ou lady die skoot hoog deur het.

Tango du Toit bly op sy voete, sorg dat die glase vol bly en die vleis omgedraai kom. "Well done or underdone?" vra hy, maar voor iemand kan antwoord, sê hy net elke keer: "Ek hou van myne oorgaar.

"Madeleine van Biljon van die Sunday Times, daai lady wat so goed kan kook en waarvan die koerante vol is, hou ook van haar steak so. Hulle sê rou vleis is nie goed vir jig nie. Daardie jigraat van netnou het ek vir Madeleine ook gegee en vandag huppel sy soos 'n jong bok. Man, dit werk soos 'n bom. Ek sê julle vanaand, probeer dit gerus. Vanaand nog, Sally."

Die lawaaiwater het die klomp om die vuur later half sad. Ou Vleis wil meer weet van die wildsplaas. "Ek het alles daar," sê ou Tango. "Dis nou behalwe vir olifante. Hulle verniel alles, soos ou Dalene in Kringe in die Bos gesê het. Ek het haar juis gehelp met die navorsing vir daardie boek. Nou rus ek 'n bietjie by Huis Herfsblaar. Te veel verantwoordelikhede. Julle kan self dink. Tot daar het ek nie veel rus nie. Hulle grou my uit vir raad en dinge. Dis juis my manager en sy vrouentjie wat ons hier kom aflaai het dat ons kan wegkom van alles. Jy weet dis heavy om heeldag te sit met besigheidsmanne en celebrities soos Pik Botha, Raymond Ackerman, Steve Tshwete, Sol Kerzner en Felicia en die nuwe black elite van die goewerment en show business. New rich, julle weet mos hoe dit gaan. Ook maar stress."

Elke keer wanneer Elvis en Minah Naidoo in sig is, begin Tango die Indian Love Call sing. Later het hy homself skoon sad gesing en begin met sy lewensverhaal: "I'm a man in love with love. My eerste vrouentjie, Mary Cookhouse, was uit die Britse adel. Haar ouma was lady in waiting vir Queen Victoria. Nouja, ons was baie gelukkig, but the finger of fate interfered. Sy's wreed weggeskeur van my. Kraamkoors. Soos hulle sê: the good die young. Ek het vir jare aanmekaar getreur. En na al die jare van loneliness maak ek mos toe die fout van my lewe. Trou ek met 'n vrouentjie van Potchefstroom. Sy't haar baie goed en heilig voorgedoen, was tot aan huis van T.T. Cloete, die een met die nuwe liedereboek. Het julle al van hom gehoor? As daardie man in Engels geskryf het en nie so met die siektes gesukkel het nie, het hy die Nobelprys gevat. That's no maybe, laat hy nou maar wees wat hy wil. In elk geval, hierdie Blue Eyes Brits was 'n vicious en malicious lady en die verkeerde een vir my. Toe ek my oë uitvee, skaars 'n maand na die troue, toe's die hele land se polieste op haar. Vir fraud. Bedrog. Sy was gelykertyd met 'n paar mans getroud. Sy't hulle die een na die ander uitgesuig en soos 'n droë lemoen weggesmyt. Sy't tot haar luck gaan try by Boet Troskie. Op die ou end is die hele lot van ons, ek was nommer vyf, in die hof en die huwelik is onwettig verklaar."

Hy pomp weer 'n slag ou Girla se hand en lig haar ken met sy vinger. "Nou het ek my droomvrou." Hy begin sing: "*Beautiful beautiful brown eyes, I'll never love Blue Eyes again ...*"

Om 'n lang storie kort te maak, die hele lot Beeslaers het later uitgepass. En toe die klomp diep in die nag wakker word, het hulle een na die ander aangeslinger huis toe. Daar het dit weer 'n narigheid afgegee soos elkeen na sy nuwe slaapplek gesoek het.

Dit moet wees dat hierdie ryk ou met sy wit outfit met 'n blaas sukkel. Kort-kort het ek hom maar daar onder die perskeboom sien sukkel om water af te slaan. O jinne, dag ek by myself, daardie kwaal ken ek. Ou Jafta van Huibie Hoëhol sit met dieselfde neukery. Hy wil pie en hy wil ook nie. Dis 'n gedruk en 'n gedruk en 'n gesug en 'n gekners met skaars ses druppels wat uitkom. Dit word opgevolg deur 'n knal wat klink soos 'n seiltent wat vinnig middeldeur geskeur word; 'n geluid wat my ore vanself laat omtip het.

Pure bek, hierdie Tango du Toit. My pens is vol en die koue weg. Dit is 'n lekker gevoel. Ek staan sterk op my pote en my spiere tril. En tog ... Ek begin voel die langnaweek moet nou end kry. Maar dis nou eers Saterdagnag.

4

SONDAG IS EK AL VROEG STRATE TOE vir nuus. Ek besnuffel die bossies sodat ek kan weet wie laas hier was en of daar nuwe honde in die buurt bygekom het. Ek lig my been en die straal is dié van 'n hond wat nuwe moed geskep het: sterk en helder. En dit ruik gesond. Die stoom styg in die lug in op. Ek los my boodskap: Tsjaka van Frik du Preezstraat nommer 24 is terug op sy beat.

Ek sê weer, 'n free spirit soos ek kan jy nie agter 'n hek toehou nie. So 'n hond pak stuk vir stuk op. Die eerste wat begin lol, is die blaas. Jy sukkel om te pie, want daar is niks nuuts om aan te ruik wat die water kan aanhits nie. Jou bene raak slap en dis die een pyn op die ander. Naand hou jy op blaf en jy steur jou nie meer aan katte nie. Jy hou op om hulle te jaag. Op die ou end kwyn jy en kan niks jou meer opkikker nie.

Nuwe mense het ingetrek in die asbeshuis op die hoek, vertel Makkie. Glo 'n jong Tswana couple met 'n hardekwashondjie met die naam Peppie. Dié is nou vir jou vol aansit, sê Makkie, te hoogmoedig om met hulle te meng. Sy dink Peppie is ook een van daai soort wat papiere het wat sê wie hulle ma en pa was.

Newwermaaind, sê Knoffel, met die windhondbloed, wat ook daar aangekom het, hierdie Peppie sal gou sy upstairsheid laat staan. In Damnville kom hoogmoed gou tot 'n val. Gee tyd. Net een week en hy sal agterkom: "In Damnville we call a spade a spade."

Jafta lê met toe oë op 'n ou stuk matras onder die bokhorings op die stoep. Hy lyk maar oes. Makkie sê ou Huibie Hoëhol het Jafta Poor People's Dispensary toe gevat. Hy het pille en goed gekry, poeiers ook, maar dit akkordeer glo nie met hom nie. Dit maak hom 'n bietjie mallerig en gevaarlik. Dit lyk vir haar wat Makkie is of hy honde sien wat nie daar is nie. En dit lyk asof Jafta hulle ook hoor, want hy knor en raas terug. Ou Huibie Hoëhol sê sy weet ook nie wat met Jafta aangaan nie. Hy is om die waarheid te sê ook nie gister gebore nie.

Dis te naar, sê Makkie en lek haar binnebout. Sy wens net sy kon daardie taal uitmaak wat Jafta en die honde van outer space praat.

Ek slenter terug om by nommer 24 te kom voor die Beeslaers my mis. 'n Opgewarmde pienk Beetle met dik tyres brul verby, vang my amper teen die kop met die bumper en ruk voor die huis stil. Eers toe ek by die gholfbolposbus kom, sien ek dis Rusty en Talitha Snijgans, die kraamsuster van die Noem my Mara-tehuis vir Ongehude Moeders. Dis nou die plek waar Rusty se lewe verander het nadat sy 'n twaalfponder ongehuud gepop het.

Rusty is die middelste Beeslaerkind. Sy kom tussen Elvis en Mabel. Wat kom maak sy hier? Sy was jare laas hier nadat sy en ou Girla, wat toe nog hier gewoon het, ook woorde gehad het. Rusty en Talitha klim uit die kar uit. Talitha het vir Rusty in haar flat ingeneem uit jammerte in daardie tyd toe almal Rusty verwerp het oor die bybie wat toe opgegee is vir aanneming.

Wel, dis nou vir jou te sê! En daar wag 'n surprise vir die Beeslaers wanneer hulle wakker word. Die hele lot lê nog been in die lug na laasnag se uitkappery met die Sambuca, die Cape Hope en Tango se twakpraatjies. Dis tot doodstil daar by ou Sally Caravan, wat gewoonlik heel eerste op is om die tamaties op die komposhoop nat te gooi.

Hierdie ding gaan vir ou Soufie te veel wees. Sy het juis nie ooghare vir Talitha Snijgans nie. Soufie sê dis Talitha wat vir Rusty opgesteek het teen haar familie, én teen mans. Sy wat Soufie is, het 'n voorgevoelente gehad toe Rusty by daardie nurse ingetrek het in Vanderbijl.

Na die bybie het Rusty mos skoon verander. Dis al of sy half mannetjiesagtig geword het. Sy het nie meer haar beenhare geskeer nie en begin stap soos 'n cowboy. En die paar kere wat sy daarna hier was, het sy nie een keer 'n rok gedra nie, maar bellbottom jeans en 'n blazer. Met die geneuk wat haar lewe so verander het, het sy ook haar cashier job by die Wimpy opgegee en 'n hyskraandrywer by Yskor in Vanderbijl geword.

Ek weet nie wat hulle teen die kraamsuster het nie, want sy was nog altyd nice met my. Soort van 'n houtjie teen die kop en 'n trek aan die oor. Ek het ou Sally hoor sê dat Talitha Snijgans 'n agtermekaar vrou is en dat Rusty die moederliefde wat sy nodig het, by haar kry. Hierdie Snijgans-vrou pak glo elke oggend Rusty se kostrommel vir Yskor. Ook as Rusty saans vol olie by die huis kom, het Talitha 'n bad reg en 'n bord warm kos in die oond ook nog.

Van Rusty weet ek nie eintlik nie. Sy kom nou wel uit hierdie huis waar ek een dag lank gelede aangeland het, maar tot vandag het sy nog nie een woord met my gepraat of van my notisie geneem nie. Ek het haar ook nog nooit hoor lag nie.

Rusty is anders as haar ander kinders, sê Soufie. Sy was ook die slimste van die drie, maar sy is vroeg al uit die skool uit. Soufie sê dis oor haar groot voete en dat die kinders haar daaroor gespot het. Al wat haar glo pas, is 'n size dertien Grasshoppers. Dis ook al wat sy dra. Met lang wyepypbroeke daarby dat 'n mens nie haar voete kan sien nie. Dan is sy kort boonop. So ek weet nie. Dit is seker maar hoekom sy is soos sy is.

Elvis sê dat toe hy nog die Mini Minor gehad het, hy glad nie vir Rusty kon laat dryf het nie omdat die Mini se clutch, briek en petrol te na aan mekaar sit. Rusty het sommer al drie die lepels gelyk platgetrap.

Haar hare was nog 'n storie. Dit het gelyk soos 'n grasdak badly in need of thatching. Onder die nurse se hande is die saak toe darem opgelos. Sy het gesorg dat Rusty, nadat sy uit die tehuis uit gekom het, pal borselkop dra.

Rusty het nou verander, soort van 'n ander gesig opgesit. Maar toe sy nog hier was, was sy elke aand uit met 'n ander teertou. Slegte mans. Die kettingswaaier-soort. Ou Soufie was pal op haar knieë in daardie dae, tot vir Ray McCauley op 'n kol gaan sien. Soufie het eenkeer by Sally Caravan gehuil: "Wat het ek dan in my lewe gedoen dat die Here my so moes straf met 'n kind soos Rusty?"

Toe raak Rusty op die paal. Dit was 'n helluva besigheid. Met pastoor Penz in en uit hier, want Ray McCauley het gesê die kerk onttrek hom nou finaal aan die saak, hulle weet nie meer met so 'n skarlakenvrou nie. Dit wys jou nou net hoe die lewe op 'n mens 'n truuk kan speel, want, sê Sally Caravan, nou sit Ray self met 'n ongehude moeder as 'n wederhelf.

Maar soos hulle sê: all's well that ends well, want met Talitha Snijgans se hand oor haar lyk dit of Rusty nou tot bedaring gekom het.

Ek check die twee uit met 'n houtoog. Toe hulle deur die ossewawielhek is voordeur toe, is ek by, want hierdie next exciting episode van die serial wil ek nie mis nie.

"Knock-knock," klop Rusty aan. En die nurse skrou: "Koeee-wieeee!", pluk aan haar ponytail en druk haar alice band met haar voorvinger reg, maar nie een van die klomp pawpaws binne-in die huis maak 'n geluid nie.

Die twee stap later om die huis en gaan ruk aan die stukkende sifdeur agter. Toe daar nog nie lewe kom nie, is hulle maar weer voorstoep toe en gaan sit op die uitgehaalde lorriesitplek langs die Illovo-syrup blik hen and chickens om te wag vir lewe.

Toe Talitha weer 'n keer "Koeeee-wieee," gebeur daar darem iets. Ou Vleis maak keel skoon, kom aangeslof en maak die deur oop. Eers na 'n ruk herken hy Rusty.

"My hene, Rusty! My arme ou kindertjie! Wanneer laas het Pappie jou gesien! Kom hier laat ek jou soen! What a surprise, my sweetheart. Sit! Relax!"

Hy draai na die nurse: "En as ek my sonde nie ontsien nie, is dit mos nurse Snijgans, die maternity suster. Sit! Welkom, maak julle tuis!"

En met dié verskyn Tango du Toit in die deur, uitgevat in 'n maroen suit en met 'n hallelujaboek onder die arm. "Haaits, maar ek wil dit mos hê!" Hy stamp Vleis aan die skouer en sê: "Maar my ou swaerie, stel jy 'n mens dan nie voor nie? Wie is hierdie twee beauty qeens? Visitors from Sun City?"

Vleis stel voor.

"Welcome, welcome," sê Tango du Toit. "The more, the merrier." Met dié hou hy sy hand voor sy mond en skree met die gang af: "GirlOOOOOEEE, kom my ou sweetnessie, die pastoor wag, dit was al die tweede gelui!"

Girla kom uit op die stoep, opgedress in pienk. Tango gee 'n tree terug, hou sy kop skuins en fluit. "What a gal!" en hy het haar onder die elmboog. Voor die twee met die trappe af is, sê Tango met 'n knipoog vir Vleis: "Ou swaerie, julle moet my en Girla nou nie te vroeg terug verwag nie, hoor! Na die diens het ons ernstige besigheid met pastoor Pentz."

Hy knipoog weer: "Gebooie opgee en so aan, jy weet mos. Ons wil die ding 'n family affair hou. Hier by julle. Hou julle klompie julle maar besig vandag. Na die diens sal ek en Girla sommer ietsie by Something Fishy gaan eet. Help julleself, daar's nog jaartse en jaartse van die koedoewors oor vir 'n lekker brunch!"

Vleis lyk upset. "En Ma sê my niks nie!"

Girla pluk koketterig aan Tango se maroen strikdas en trek haar soetwynmondjie op 'n vermakerige plooi. "Baai. Expect us when you see us. Sê vir Sally Caravan dis olraait. Dié ding met die roos en Bles Bridges. Soos die Engelse sê: Let bygones be bygones."

Miskien het ou Girla nog haar mes in vir Vleis en Soufie omdat hulle haar Huis Herfsblaar toe gepos het. Ek het haar gisteraand by die vuur vir Mabel hoor sê dat sy wat Girla is, nog baie lewe in haar het. Sy's nog lank nie koud nie. Herfs-blaar se mense is 'n inkoejawel lot bymekaar. Al die klomp begrafnisse daar maak haar morbied. Sy wat ou Girla is, pas nie daar in nie. Die oumense gaan so op in die dood. Dit was so hittete, sê Girla, of dit was met haar ook verby, want sy't nie meer lus gevoel om soggens op te staan nie. "Die Here weet, Soufie, as dit nie vir Tango was nie … dan weet ek nie."

Ek, Tsjaka, sit op die stoeptrap. Dis nou jammer dat ou Tan-go vort is kerk en Something Fishy toe, want na vanoggend se gallivant is daar weer 'n lekker hol kol op my maag. Ek loer by die huis in en sien hoe Mabel onder die delicious monster uitkruip en met haar voete na haar slippers soek. Met dié kom Soufie ook met die gang afgesuiker. Hulle kom saam uit op die stoep. Hulle omhels Rusty en al drie vroue begin droewig huil. Toe hulle bedaar, knik Soufie net vir Tali-tha en haar lippe word dun. Talitha Snijgans is 'n ordentlike vrou. Sy weet goed Soufie het nie tyd vir haar nie, maar sy hou haar in. "Haai Soufie," sê sy, "jy lyk elke keer jonger as ek jou sien."

Soufie vat aan haar curlers en knyp 'n smile uit. "Jy lyk self nie te bad nie, Talitha. Wie sal nou reken jy's vyf jaar ouer as ek?"

"Twee jaar," help Talitha haar reg. Haar lippe word ook nou dun.

Daar is 'n lang stilte totdat Mabel kliphard burp van senu-weeagtigheid.

Rusty draai na Vleis en sê: "Pa, ons moet praat. Alleen. Besigheid."

"Ag hene," sê Soufie geaffronteerd. Vleis beduie benoud vir hulle hulle moet binnetoe.

Ek weet dadelik hier kom tjorts, en dit mis ek not 'n wiel. Ek ken daardie spesiale stem van Rusty. Sy gaan sit wydsbeen op die uitgehaalde lorriesitplek. "Pa," begin sy dadelik, "die goewerment het nou die hele blok flats waar ons woon vir die plakkers belowe. Ons moet November uit. Pa moet help. Ons het gespaar en die cottage gekry wat ons wil hê. Twee slaapkamers en so aan. 'n Bargain, maar ons kort nog vierduisend. Maar soos dit nou gaan, sal daardie selfde huis volgende jaar dubbeld kos. So dis beter dat ons nou koop. Kan Pa ons help? Ek sal 'n IOU laat uitskryf met twee getuienisse. Ek verdien nie te min met die hyskrane en die skofte nie, veral noudat hulle my 'n voorman se job gegee het."

Vleis se kakebeen begin bewe. "Ja, die rand is plat op sy gat ..."

"Dinge kan dalk nog so uitdraai dat ek een van die dae na Pa en Ma sal moet kyk," sê Rusty. "'n Mens weet nooit nie, maar ek sal my plig doen as dit moet."

Vleis begin hoes. Rusty is sy favourite kind en toe almal teen haar gedraai het destyds, het hy by haar gestaan en aanhou sê: "Mark my words, daai kind van my gaan nog eendag iets word. Bo uitkom. Die Beeslaers laat hulle nie onderkry nie."

"Kan Pa nie die geld leen nie, by Saambou of Avbob of iewers? Of wat van ouma Girla se polis?"

Vleis stoot 'n slag sy valstande vorentoe. Na 'n ruk sê hy: "Ek sal eers met jou ma moet praat. Dit gaan maar sleg, jy weet, met die tax en die petrol, die korrupsie, die misdaad en die hijacking. Met die land in 'n gemors, kom daardie dinge vandag swaar op witmense af, vernaam in Damnville."

Talitha wat die hele tyd stil eenkant gestaan het, pluk 'n slag senuweeagtig aan haar ponytail. Haar oë trek skeel en sy beaam Vleis se woorde met 'n knik van die kop.

Vleis draai na die nurse: "En jy, Talitha, wat van jou? Jy kan ook seker met ietsie las, of hoe? Jy is darem nie meer vandag se kind nie. Het seker al ietsie weggesit gekry?"

"Ag, Pa, dis 'n lang storie, ons los maar die detail vir 'n ander dag," antwoord Rusty. "Pa weet tog van Talitha se suster, die een in die Oord vir Gestremdes in Brits. Die Oord vra nou ook meer geld, want die Lotto wil nie eers meer die welsyn uitbetaal nie. Pa weet self. Talitha se suster moet nuwe tande kry ook. Daar's ander worries ook. Familieskuld en trots. Haar familie is mense wat by mekaar staan. Hulle help waar hulle kan, maar bloed uit 'n klip kan 'n mens ook nie tap nie."

Ou Vleis maak weer keel skoon, spoeg en plant 'n oester sekuur in die Illovo syrupblik tussen die hen and chickens. "Ons sal moet sien. Maar ek moet eers met jou ma daaroor praat. Jy weet, die nuwe Suid-Afrika vat aan 'n man soos ek se sak," sê hy skor. "Die tax en die misdaad, affimative action, retrenchment … Daar is Cyril ook en die nuwe minimum lone. Sy sinkdak langs die garage lek. As dit reën, moet hy die Coke-sambreel oor sy bed oopmaak."

"Brunch!" roep Mabel van die kombuis af. "Roer julle, die toast en die eiers word koud!"

Talitha wil-wil dit vir die kombuis maak, maar Rusty keer haar: "Suster Snijgans! Plig voor plesier! Het jy vergeet, dis al weer amper tyd vir jou om op diens te gaan?"

Soufie kom uit en vee haar hande aan haar voorskoot af.

"Lyk my Ma het 'n huis vol mense," sê Rusty, "maar moenie oor ons worry nie, ons moet nou gaan." Sy kyk na Talitha en smile effens: "No rest for the wicked."

Ja," kla Soufie. "En nou nog met Cyril ook af vir die naweek. Jou broer is ook hier, Rusty, wil jy nie darem wag om hom te groet nie? Ek sal gaan kyk of hy al op is."

"Aag, laat los maar, Ma. Sê vir hom groete. Ons kuier op 'n ander dag. Oukie doukie," sê Rusty. "Ons moet gaan. Talitha het 'n moelike bevalling. 'n Siamese tweeling van Mamelodi. Die Huisgenoot en Baba en Kleuter kom ook nog vanmiddag spesiaal al die pad van Johannesburg af om snaps te kom vat. You en Your Baby het ook gebel."

Die brunch ruik lekker. Dis ou Tango se jaartse en jaartse koedoewors. Ek probeer Soufie se oog vang, maar sy sien

my nie eers raak nie. Hierdie ou getroue waghond se poep
is koud. Die Epol het ook nog nie gekom nie, maar die hoop
beskaam nie. Ek is agter om die huis en druk my neus deur
die gat in die sifdeur.

Waar is Tango du Toit van Huis Herfsblaar nou? As hy hier
was, was my maag al lankal vol en het ek nou lekker in die
sonnetjie gelê en dut. Ek sal maar daar aan Sally Caravan se
deur gaan krap.

5

EK LÊ BY DIE OSSEWAWIEL en bekyk die simpel besigheid op
ou Hannie van Oorkant se lawn. Giepie Briel, dit is die lo-
seerder, het sy karate-outfit aan: wit broek, 'n sash om die
lyf en kaalvoet. En kan die mannetjie aangaan! Dis 'n one-
man show, en 'n mens sou sweer hy perform op Loftus Vers-
feld voor 'n vol pawiljoen.

Giepie spring in die lug in op, hardloop reg op die garage-
deur af en stamp sy kop 'n paar keer daarteen. Hy slaan bolle-
makiesie en skree soos 'n wie-weet-wat. Die helfte van Frik
du Preezstraat staan al voor ou Hannie se hek, gaap die spul-
letjie aan en lewer kommentaar. Van die opgeskote seuns por
hom aan terwyl die ander jil en spot, maar ou Giep Karate is
te toe om dit agter te kom. Om nou so 'n pawpaw van jou-
self te maak!

Die vent dra nou 'n klompie van ou Hannie se oorskiet
daktiles en gaan plak dit op mekaar langs die visdam. Hy
stap 'n ent terug, rol sy oë soos een wat in 'n trans gaan en
doen 'n paar somersaults. Dan pyl hy skielik vorentoe met
daardie maer kiewietbene van hom en met 'n "sjoeee, sjaaa-
boe-la-ka-sjie-SJA" bespring hy die tiles en kap hulle mid-
deldeur met die sykant van sy hand. Sy ogies is op skrefies
en sy bakore trek plat teen sy kop. Die tiles spat uitmekaar,

meneer Karate staan weer terug en daar spring hy wragtig nog 'n keer in die lug in op. Hy stoot sy maer arms bokant sy kop uit en maak 'n buiging. Kyk nou net!

Ou Hannie van Oorkant se ekstra-ekstra outsize bors swel. "Maestro!" skree sy tussen die silwer geverfde Goodyear-tyre vol josefsklede deur en begin jodel met haar hand voor haar mond. "Maestro!" skree sy weer. Waar sy dié vreemde woord opgetel het, weet ek nie, want hier in Damnville praat die mense nie so nie.

Giepie Briel sien jy net af en toe. Hy werk mos skofte op die treine. As hy die slag af is, oefen hy op Hannie se lawn vir sy black belt.

My dikderm trek saam. Die winde dwarrel by my agterent uit. Dit gebeur met tye wanneer ek verveeld raak en Damnville op my nerwe werk. Kan dié mense nie aan iets anders dink vir 'n verandering nie? Dieselfde dinge gebeur oor en oor. Al wat bygekom het, is Mignon.

Sy sit op die pavement voor Hannie se hek. Sy rol haar oë, slaan hulle op en haar mooi baardjie tril. Dis hoe 'n hond lyk wat na bowe skree om hulp. Daardie teef is nie sommer van hier nie, skif-oor of-te not.

Ek swaai my stert stadig uit simpatie. Ek verstaan hoe sy voel. Moed hou, stuur ek die sein.

Mignon maak iets wakker in my wat daar nie voorheen was nie. 'n Soort droefheid. Sy laat my hoop dat daar iewers, iewers 'n beter wêreld wag vir 'n hond. Ek draai my kop skuins en wys met my bek na die stoep. So wys ek vir Mignon waarmee ék opgeskeep sit: Mabeline Beeslaer met haar Loslyf en haar Charlize Theron-stories tussen die asparagus-ferns op die stoep. As Mignon nie verdwaal het en hier aan-geland het nie, sou ek dalk vrede kon maak met my lewe hier. Maar nou is daar 'n ongedurigheid in my, 'n onrus wat my laat besef dat Tsjaka van Frik du Preezstraat ook net soveel kan vat.

Ek dink Mabel smaak Giepie Karate. Toe hy die tiles middeldeur kap, begin die tros moesies langs haar linkeroog tril. Sy sit oop-toffie – ek kan haar Mr Price-panty tot hier sien.

Dit sal 'n welkome verandering wees as die twee afhaak, want om mee te begin, kan Mabel wragtig nie so aangaan nie, by die dag dikker en dikker en die koeksoda word nou al gedrink soos Coca-Cola. Soufie sal ook bly wees, want sy kla aanmekaar oor Mabel se groot eetlus. Sy eet hulle glo uit die huis uit.

'n Man en 'n vrou kom ingehaak met Frik du Preezstraat afgestap. Die vrou het 'n klein hondjie aan 'n choker en 'n lead. Die couple én die hondjie kyk nie links of regs nie. Dis nou seker die Mufamadi's en Peppie met die papiere wat nou die dag in die asbeshuis ingetrek het en waarvan ou Makkie vertel het.

Ek knik vir Mignon. Mense soos hierdie twee met so 'n soort otherwise hond ook daarby, steek iets weg. En dit is nie altemit nie.

Ag hene tog, oorkant is ou Hannie al weer aan die jodel. En haar loseerder is nog altyd aan die afshow. Knoffel, die een met die windhondbloed, vertel ou Hannie sê Giep Karate is soos 'n eie seun in die huis – glo elke Sondag in die kerk, sing in die koor ook, sopraan. Sy stem het nooit gebreek nie. Dis nou as hy nie op die treine is nie. Hy is ook een maal per maand by die Bloedoortappingsdiens om sy pint te gee. En dan het hy nog al die seëls op sy Sondagskoolsertifikaat, tot op die laaste goue een.

Dis seker dié dat pastoor Penz so danig is met Mister Karate. Ek het al gehoor hoe gesels die twee by die hek. As dit nie oor die breë en die smal weg is nie, is dit die Groot Verdrukking. Partymaal slaan hulle in vreemde tale oor. Miskien is dit wat Jafta ook makeer. Makkie sê as jy haar vra, het die trekkings wat Jafta deesdae kry, meer te doen met wat hulle die post-onderdrukking rumba noem. Of so het sy Huibie Hoëhol hoor sê.

Maar Windhond Knoffel sê Giepie Briel is 'n goeie ou as jy hom eers ken. Hy gee vir hom wat Knoffel is, altyd die oorskiet van sy kostrommel: 'n halwe blougekookte eier, 'n paar broodkorsies en die rand van 'n stuk French polony. Ook maar nie beter gewoond nie, dié Knoffel. Seker nog nie eers gehoor van iets soos koedoewors nie.

Op 'n manier het Mignon ook 'n sagte plek vir Giep Karate. Sy het gehoor hulle sê hy is 'n weeskind. En eenmaal 'n weeskind, altyd 'n weeskind, sê Mignon.

Ek sit nog so en kyk na die petalje hier en wonder oor my lewe en wat die toekoms inhou, toe Tango en Girla die ossewawiel oopstoot. Dit is nog nie eens etenstyd by die B~ ·slaers nie. Tango lyk bekaf. Toe hy Soufie sien, gooi hy sy hande in die lug op.

"No luck!" roep hy uit. "But not to worry. Dis my ID. Die ding is mos gesteel net voor die verkiesing en nou wil ou Penz niks weet nie. Voordat ek Girla my eie kan maak, moet ek eers aansoek doen vir 'n nuwe een en dit kan 'n tydjie duur." Hy sit sy arms om Girla. "In the New South Africa love must wait its turn, my love. Maar ek het my contacts. Tjop-tjop en ons fix die sakie sommer gou op. Never fear when Tango is near."

Tango pyl skielik op my af, sit sy arms om my en druk my teen hom vas. "Girla," roep hy uit en dit klink asof hy gaan huil. "Ek sê jou vandag, hierdie Tsjaka is 'n transmigrasie van my Dingaan." Met dié kniel hy en krap my kop en bors. Hy haal 'n stukkie biltong uit sy sak en druk dit in my bek.

Vleis kom diep ingedagte om die huis gestap. Dis oor Rustyhulle se dinge, met dié dat die plakkers nou die flat-gebou daar in Vanderbijl gaan oorvat dat hy so worried lyk.

Terselfdertyd kom Elvis en Minah met hulle luggage by die voordeur uit en groet. Tango neem Minah se hand en soen dit: "Nice to have met you, Miss Naidoo. En onthou nou wat ek vir jou gesê het van Rajbansi." Hulle groet plegtig met die hand.

Met die groetslag val Tango du Toit se oog op die pistakel van 'n Giepie Briel wat nou al seker vir die vierhonderdste maal 'n hoela hoep om sy pinkie swaai. Sy audience het ook uitgedun. Tango draai na Vleis en sê: "What a disgrace for a decent suburb like Damnville. Nee wat, Vleis, allamagtig, julle moet daardie freak hier uitwerk man. Dis sý soort wat die huise se pryse laat val."

Ook maar 'n snob, dié Tango met sy wit broek en sy maniertjies.

Tango se selfoon lui en hy antwoord: "Hallieeee!" Hy luister lank en sê dan: "No problem, Pik. Of course! Natuurlik verstaan ek. Jy weet mos." Tango lyk baie belangrik en ou Vleis kyk ook met nuwe respek na hom. Ek sien hoe sy ore punt soos hy probeer hoor wat gesê word.

"Dis oukei, Pikkie-boy. 'n Alibi? Nou maar rightio Pik, Tango is as usual your man. And my lips are sealed. Nog iets man, ek het bietjie problemsch hierso met my ID, maar ons sal daaroor praat."

Ou Girla kyk bewonderend na Tango. Sy trek flirterig aan die punte van sy snor.

"Cheerie bye Pikkelaai, dan's dit reg so." Tango druk die selfoonknoppie, kyk ernstig na Vleis en kry hom met al twee hande aan die skouers beet: "Man ou swaerie, ek sal nou op my bicycle moet wees. Besigheid, jy weet. Dis 'n groot storie dié, maar moet my nie uitvra nie. Ask no questions and you'll hear no lies. Kyk na my ou Girlatjie hier en foun solank vir my vir 'n taxi."

Tango sit sy arm om Girla se lyf. Hy lig haar ken met sy pinkie en kyk diep in haar oë. "My sweetness, jy sal vanmiddag alleen moet terug met die 4x4. Ek het jou voorheen gewaarsku hoe my lewe is, maar ek sien jou môreaand by

Huis Herfsblaar. Betyds vir die ballroom. Dan wys ons hulle wat ons kan doen met 'n tango."

"Jealouseeee … " begin hy skielik sing en sê dan: "Trek jou mooi aan. Vanjaar vat ons nog die beker by die uitdunne en wie weet, dalk is ons volgende jaar in die States om die Republiek van Suid-Afrika se eer te verdedig."

Hy raak skielik haastig. "Nou maar wag, laat ek my in rat kry." Hy kyk 'n slag na my en sê vir Vleis: "Hoor hier, ou swaerie, voordat ek vergeet, man: sorg tog dat my ou Dingaantjie se transmigrasie hier 'n lekker tjoppie kry. Daar is nog baie wors ook vir hom oor. Hy lyk juis vir my of hy kan doen met 'n change of diet. Kyk hoe dof is sy coat. A nee-a man! 'n Mens moet kyk na jou diere."

Girla lyk nie gepla met Tango se vertrek nie. Om die waarheid te sê, sy lyk asof sy daaraan gewoond is.

Alles gebeur vinnig. Tango is reg met sy carry bag en sy executive kysie toe een van Safari se taxi's daar stilhou. "Groete vir Soufie en Sally!" skree hy deur die venster. "By the way, waar is sy?"

Op Hannie van Oorkant se lawn staan Giepie Briel nou op sy kop en swaai die hoela hoep om sy groottoon. Sy audience het verdwyn. Hannie het ook gaan potte opsit in die kombuis. Dié kan ek tot hier hoor. Dis net Mabel Loslyf wat nog sit en krap aan haar tros moesies wat Tango beloof het om te laat regsien.

Soufie kom ook van die hoenderhok se kant af aangeslof met 'n laphoed vol eiers en 'n vadoek oor haar skouers. "'n Dubbele door. Dis Mary, daai Rockethennetjie van my," sê sy happy en haak ewe plegtig by ou Girla in. "Hulle sê 'n dubbele door bring geluk. Dalk nog die Lotto … "

Dit wil half vir my voorkom asof die naweek nou na 'n end se kant toe staan. Behalwe vir ou Giep Karate is die straat leeg en die buurt vir 'n verandering stil.

Sally Caravan se deur gaan vir die eerste keer vandag oop.

Sy moet lam in die knieë wees, want sy hou aan die trapleunings vas.

Soufie druk die hoed eiers in Vleis se hande en skree: "Ouma het al weer 'n gesig gehad. 'n Visioen." Sy hardloop tot by Sally en help haar na die rottangstoel onder die perskeboom. Sally hyg. Dit wás 'n gesig. Maar sy wil nie sê wat sy gesien het nie. Sy kyk op na Girla. "Dis te verskriklik. Iets te doen met 'n man met 'n wit broek aan."

"Dalk die rugby, Ouma?" vra Vleis. "Gaan die Bulle al weer Saterdag teen die Haaie verloor?" vra hy mismoedig.

"Wit broek, wit broek," prewel Soufie.

"Is dit Hansie Cronje?" vra Vleis vreesbevange.

Die Beeslaers kring om ou Sally, want jy kan van haar visioene notisie neem. Sy het die hele besigheid van Louis Luyt en André Markgraaff ook vooraf gesien. En die laaste gesig wat sy gehad het, was die Strijdomkop daar by die Staatsteater.

Ja, die Strijdomkop. Dis nou 'n affêre wat ek, Tsjaka, nie kan verstaan nie, maar Knoffel sê dis 'n boere high buck waarvan iemand 'n ysterkop gemaak het sodat die mense hom vir goed kan onthou. Hulle het die kop op 'n plein in die middel van Pretoria gesit. Nou ja, die ding met Sally is dat sy voordat dit gebeur het, 'n gesig gehad het waarin sy gesien het hoe die kop afmoer en 'n klomp goewermentskarre platdruk op 'n plek wat glo vir die vorige regering baie heilig was. Knoffel sê die ysterkop van die man wat die hele land moes red, het boonop op 'n spesiale vakansiedag geval. Die dag waarop die kop geval het, was die dag wat die boere gesê het die Engelse kan in hulle maai vlieg, van nou af bly die diamonds en die Epol in hierdie land. Hannie van Oorkant het gesê daardie kop staan vir Epol en as die kop val, is dit van nou af foggol. Have your choice. Dit is ook van toe af dat Vleis so aangaan oor die rand wat plat op sy gat is en ek op No Name Brand is. Ek verstaan nie alles nie, maar ek weet 'n mens moet notisie neem van die gesigte wat Sally Caravan sien.

My moed sak tot in my toonnaels in. Hierdie geneuk met ou Sally Caravan se gesigte gaan nou weer aanhou dwarsdeur die nag totdat die mossies begin poep. Ou Sally Caravan se helm sit op 'n verkeerde plek, want die gesig wat sy moes gesien het, is daardie jaartse en jaartse koedoewors en dat dit vir my, Tsjaka, bedoel is. Special instructions from Mr Tango du Toit. En ek begin nou blerrie honger word.

DEEL TWEE

6

BETAALDAG HUIL AL DAMNVILLE SE HONDE, die een droewiger as die ander. Dié wat nie van beter weet nie, sal dink
ons klomp kompeteer om te kyk wie die hardste en die treurigste kan tjank. Party van die oues hier, soos ou Jafta, sing
skoon sopraan. Dit hou tot diep in die nag aan en jy kan die
groot droefnis tot anderkant die Emsie Schoeman-sopkombuis
hoor. Hulle sê party honde is al dood van hierdie end-van-
die-maand-verdriet.

Op betaaldag brand Damnville se vure al vroegaand, want
op elke erf word daar vleis gebraai en gepaartie. Dit is dan dat
Damnville se mense omtrent hulle hele maand se salaris uitgee op lawaaiwater, Coke, wors, tjops, steak en what have you.
Ons honde hier weet dat ons ons gelukkig kan ag as daar op
so 'n aand 'n tjopbeen of 'n paar senings oorbly. Wanneer jy
dus daardie vleis-op-die-vuur-reuk kry, begin die groot klaaglied in stemme. 'n Hond kan dit net nie help nie. Dis 'n droewige gevoel wat in jou dikderm begin draai, deur jou ribbes
stoot en by jou bek uitkom. Payday is dit die Crying Game
vir Damnville se honde.

Hoe weet ons honde wanneer Damnville se mense betaling
kry?

Dit is wanneer jy op 'n oggend wakker word en daar is iets in die lug. Die mense is skielik oorvriendelik en almal groet mekaar. Nie een lê van die werk af nie en dié wat mekaar nou die dag nog opgeneuk het, is skielik hand op die blaas. Dis dan dat jy weet: vanaand is dit hel en hemel terselfdertyd in Damnville. Vir ons is dit eersgenoemde, want só vroeg raak die mense al jollie dat algar vergeet om hulle honde kos te gee.

Maar 'n hond hou aan hoop. Ons is die hele dag rusteloos. Hier teen vuilskemer slenter ons die strate vol op soek na 'n oop hek met die hoop dat die Cape Hope die spulletjie al gevat en laat uitpaas het voor hulle by die vleis kon uitkom. Dit beteken Krismis vir 'n hond. Ons sak toe. Dit gee gewoonlik 'n bakleiery af, want dis 'n kwessie van first come, first served. As die geluk jou tref om met 'n T-bone weg te kom, kan g'n hond nader aan die hemel kom nie.

Die Beeslaers kan nou se dae nie meer 'n damn worrie of die ossewawielhek oop of toe is nie. Dis 'n lui klomp hierdie. Ek moes dit van die begin af geweet het en my nie so moeg gemaak het daaroor nie. Dit is soos Tango du Toit sê: the way to hell is paved with good intentions. So.

Oor die skut maak ek my nou regtig nie moeg nie. Ek, Tsjaka, van Frik du Preezstraat nommer 24, het my les geleer. Ek sal wragtig nie weer my aandag laat aftrek deur Makkie met haar een-vir-my, een-vir-jou-geswaaiery, or for that matter, deur enige teef nie. Die skut se case is nought – jy sit nie maklik vir 'n Damnville-hond ore aan nie.

Mignon van Oorkant besef nou ook Damnville se wet is adapt or die. Ek het die ou dingetjie mooi getrain. Wanneer die skut se lorrie die draai daar by die Emsie Schoeman-sopkombuis vat, weet Mignon sy moet daai mooi krullyfie van haar onder die gat van Hannie van Oorkant se canary creeper-heining deurwurm. Ek het haar vertel watter hel daar wag as die kakiejasmanne jou eers gevang het: 'n oorvol hondetronk met kriminele brakke wat geen genade het vir 'n teef nie. In die skut kan jy vergeet van kos. Die pap wat hulle sommer so deur 'n gat daar instamp, is opgevreet voor jy 'n lek daarvan kan kry. Dis morning, noon and night 'n geween en 'n gekners van tande. Vra my. Daai manne daar kan jou sommer as jou gevreet hulle nie aanstaan nie, op die death row sit. Kom jy daar uit, is dit vir maande aanmekaar trauma, trekkings, bewings, maagwerkings en jy sien helder oordag gesigte en hoor geluide wat daar nie is nie.

Mignon se oë het vol trane geskiet. Sy het nie geweet mense kan so wreed wees nie, sê sy, want waar sy vandaan kom, is dit anders. Dis 'n wêreld met warm kos en sagte komberse, plus al die ander trimmings soos doggy parlours, choc drops en tande borsel daarby.

En nou is dit Mignon se eerste payday in Frik du Preez-straat, Damnville.

Wouter Bungalow en sy houvrou, Hillies Grobbelaar, is vroeg al, net na lunch, hier verby met 'n carrier booze, 'n moerse parcel vleis en 'n kis Black Label wat Hillies voor haar uitstoot in 'n gesteelde Shoprite-trollie. Ja, môre lê ou Wouter Bungalow weer been in die lug met 'n pers oog en 'n klos van sy gedyede hare uitgetrek. Die arme ou. Dit gebeur elke end van die maand dat Hillies hom na 'n paar sixpacks opmors.

Wouter Bungalow met daardie maer hoenderborsie van hom is sekerlik bang vir daai ou dolla. 'n Man sonder muscles, een wie se oë aanmekaar traan, kan hom nie teen so 'n omgekeerde dubbelbed verdedig nie. Hulle sê loneliness makes strange bedfellows, want wat hulle twee bymekaar hou, kan ek wat Tsjaka is, nie uitgepuzzle kry nie.

Cyril, nommer 24 se garden manager, het so eenuur se stryk opgedress die pad gevat vir shopping en seker ook vir 'n dop. Hy bring gewoonlik ou Sally Caravan se sixpack en haar carton Peter Stuyvesant ook saam. Sergeant Kennedy Banda sal vanaand sy tickets moet ken hier in Damnville. Hy sal maklik besig bly tot dagbreek.

Ek het 'n slag al 'n draai gaan maak daar by Makkie. As jy iets wil weet, gaan kuier net vir Makkie. Die wêreld lyk ook maar soos payday daar by hulle, met Jafta wat op die trap sit en met skeel oë in die verte staar. Seker weer besig met die aliens. Hulle hou hom so te sê pal besig deesdae. Huibie Hoëhol lyk soos sy altyd op payday lyk – nie all there nie. Sy sit in 'n tyre-swing en doen haar voete – iets wat sy net op payday doen. Op dié dag praat sy mos met haar voete asof hulle haar kinders is. "Ma se bybies, julle kyk darem so mooi na my, en soveel jare al. Julle het my so te sê barrevoets oor die Magalies gedra. Wat lê nog vir ons voor in hierdie deurmekaar land met Mbeki? Net môre koop Mammie vir julle 'n nuwe paar slippers. Watter kleur? Blou, hmmm? Pienk, hmmm?"

Makkie sê Huibie Hoëhol het vanoggend al met haar pension afgesuiker Solly Kramer toe vir haar liter OBS en half-jack First Watch. Makkie sê die bottel OBS is al half en dit gaan goed met hulle, want sy en Jafta het al albei 'n stuk Komatiewors agter die blad. Ou Huibie Hoëhol koop net Komatiewors omdat hulle dit op Radio Kansel adverteer. Wors wat op 'n Christenstasie geadverteer word, is sonder toonnaels, hare en glasstukke, sê Huibie.

Wouter Bungalow het glo eenkeer 'n glasoog in sy wors gekry en Hillies het die koerant laat kom.

Mabel plak al van tien af op die stoep tussen die ferns met curlers in die hare en met 'n face-pack op – geel van 'n eier, avokado en Jungle Oats. Arme Mignon se oë het amper uitgeval toe sy daai technicolour bakkies sien.

Dit klink vir my Soufie en Hannie van Oorkant het 'n plan om ou Giep Karate en Mabel Loslyf by mekaar uit te bring, want die Beeslaers het hom uitgenooi vir sopper. Giep is nie vanaand op die treine nie.

60

Ek wonder of ou Mabel ooit weer 'n job gaan vat. Manny Perreira op die hoek wou haar laat groente weeg het, maar sy het nooit haar gesig gaan wys vir die interview nie. Ou Soufie het omtrent 'n tantrum gegooi. "Holy Moses! Het jy gedink jy gaan vir goed hier met jou jis in die son lê en bak? Jy moet jou regruk, Mabel. Alles word duurder en jy eet my uit hierdie huis uit. A nee a, my girl. Op my dag het ek op sestien al my moue opgerol, vetkoek gebak vir 'n honderd customers elke dag."

Mabel het begin huil oor haar ambisie en weer aanmekaar oor Charlize Theron gepraat wat dit gemaak het. Haar ma wil nie verstaan nie, het sy gekerm. Watter kans het 'n jong vrou soos sy met 'n tros piesangs in die een hand en 'n kopkool in die ander in Perreira se groentewinkel?

"Mabel, waarom dress jy jou nie 'n bietjie op en soek vir jou 'n goeie man nie? Kyk vir Giepie hier oorkant. Hier sit hy onder jou neus. Bak bene, arms en ore of te not, hy is 'n agtermekaar vent wat een van die dae op die footplate gaan wees. Jy moet onthou, grootkoppe het ook onder op die leer begin en vandag hoef hulle niemand in die gesig te kyk nie."

As Soufie eers begin opspeel, kry sy nie end voordat die son gaan sak het nie. "En nog 'n ding!" skree sy in die straat agterna lank nadat Mabel in haar slippers by die ossewawiel uit is. "Alles is op, die suiker, die petrol, cigarettes, en jy het gehoor wat jou pa sê van die rand op sy gat. Maak 'n plan, Mabel, ek sê nou vir jou: ek betaal nie langer vir jou Loslywe en jou make-up nie."

By die hoek het ek Mabel met 'n dun stemmetjie al op die een noot hoor grens: "Eenmaal geretrench, altyd geretrench."

Ek voel skielik so moeg vir Damnville, sy mense en hulle dinge. Is dit maar oral so, in Wôterkloof ook? As dit nie vir die liewe Mignon was nie, weet ek nie hoe lank ek dit nog sou kon uithou in hierdie plek nie.

Ek is gatvol vir alles wat aanmekaar dieselfde bly. Ek is

gatvol vir die geraas hier, die munisipaliteit se strikes en die No Name Brand-hondekos.

Bo-op die bult in Van Vollenhovenstraat lui 'n hond die koor in met 'n droewige getjank wat die hare op my rug laat rys. Knoffel, die een met die windhondbloed, val in met sy donker, droewige snikgesang. Oorkant die straat kom kort kermgeluidjies by Mignon se bekkie uit. My maag word vol van 'n leegheid wat my ribbes laat uitswel. My bek order homself omhoog en sonder dat ek dit kan of wil keer, seëvier my lied van ellende bo-oor al die gekerm, die gehuil en die getjank van Damnville se honde.

7

WAT JY AAN 'N HOND DOEN, kan ook aan jou gedoen word, sê Tango du Toit. En dis presies wat in nommer 24 gebeur het. Dis die Beeslaers se beurt om te suffer! Goed so! Soos hulle my, Tsjaka, darem deesdae behandel! A nee a!

So hittete of ek het die pad gevat, maar toe word dinge hier skielik so exciting dat ek nie eens meer deur die wawielhek wil uitglip strate toe nie. Ek moet sê, ek kry die Beeslaers op 'n manier jammer, veral vir ou Sally Caravan wie se dinge haar nog in die hof gaan laat beland – die enigste een hier wat darem nog 'n hond ag vir wat 'n hond is.

Maar laat ek nou eers by die begin probeer begin: Ja, Soufie se hare het mos 'n week voor die payday-moles in Frik du Preezstraat klos op klos begin uitval. Sedertdien grens sy ook sommer vir elke ou dingetjie, dikwels sonder rede. Dit het Vleis aan die panic. Toe hy aan die begin die kaal kolle sien, het hy gemeen dis die peroxide wat Soufie aan haar kop smeer, maar toe die hare aanhou uitval, het hy die een tonic na die ander aangedra. Maar ook dit wou nie help nie. Nie vir die hare nie en ook nie vir die aanmekaar gehuilery nie.

Om die waarheid te sê, wat Soufie betref, vererger haar toe-stand net. Sy is nou amper bles en die tjankery word erger.

Makkie sê Huibie Hoëhol sê dis stres. Te veel dinge het in 'n kort tydjie gebeur en 'n vrou, veral 'n moeder soos Soufie, kan ook net suffel vat. Soufie kry swaar en dit is nie altemit nie. Kyk nou byvoorbeeld na daardie lui Mabel met haar groot eetlus. Sy is probleem nommer een. Werk wil sy nie, sit heel-dag met curlers op die kop op die stoep, aan't lese aan daar-die onbeskofte tydskrifte. Dit en haar make-up moet alles te-same nogal iets kos in hierdie duur tye met die rand wat so val.

Rusty is nog 'n kopseer, want waar gaan Vleis en Soufie-hulle die geld vandaan kry vir 'n deposit vir 'n ander plek noudat haar blyplek in Vanderbijlpark deur die plakkers oor-geneem gaan word?

En dan Elvis: probleem nommer drie. Daar is nou vir jou 'n ding! Al roem die Beeslaers so met hulle politiek; dat hulle vir die goewerment stem vir 'n nuwe Suid-Afrika, worry Sou-fie haar beserk oor Elvis wat tussen die Indians verval het en nou al glad 'n vaste girlfriend onder hulle het. Dit is nie dat sy wat Soufie is, iets teen Indians het nie, maar soos die spreek-woord sê: soort soek soort. Indians is after all skoon mense en jy kry nogal slimmes onder hulle, maar daar is nog iets soos kerk en kultuur. En taal. Soos dit deesdae gaan, kan niemand meer Afrikaans ordentlik praat nie. Dis 'n blerrie skande, sê Huibie Hoëhol. Dis stres wat Soufie onder het, meen sy. Dis hoe dit met 'n moeder gaan. Sy kan eers gelukkig wees as haar kinders olraait is.

'n Lelike sweer is hier in Damnville geprik met 'n straat-fight wat uitgebreek het die Saterdag net na die betaaldag-braaivleis. Dit het daardie aand al in Vleis-hulle se jaart be-gin toe die Bonthuise van langsaan Sergeant Kennedy Banda laat uitkom het oor die lawaai, die sakkie-sakkie musiek en die growwe grappe wat nie vir die Bonthuiskinders se ore bedoel was nie.

Basil en Gissie Bonthuis wat die Beeslaers aangekla het vir lawaai, is 'n stuck-up couple wat hulle skielik hier in Frik du Preezstraat kop en harslag aanmekaar begin hou het net nadat hulle 'n satellietskottel gekry het. Dis van toe af dat hulle nie meer met die buurt meng nie, in die straat afstap met 'n holier than thou-houding. Groet nie eers nie. Soos Knoffel, die een met die windhondbloed, sê Hannie van Oorkant: dis nou as niets iets geword het.

In elk geval, die aand met die party het Sally Caravan die arme Banda nie eers 'n kans gegee om iets te sê nie, maar hom sommer van 'n kant af ingevlieg. Die uiteinde van die storie is dat Sally 'n waarskuwing van die sersant gekry het. Dit was haar laaste kans, het hy gesê. So nie, is dit hof toe met haar.

'n Dag later het die sweer oopgebars. Die hele ding met die Bonthuise is tot 'n punt gedryf toe Soufie en Mabel die Saterdagoggend na die braaivleis panties opgehang het aan die wasgoeddraad. Van langsaan af het die Bonthuistweeling, Andy en Mandy, kamtig onskuldig uit die Bybel begin sing: "Gaan op, kaalkop, gaan op, kaalkop!"

Vleis, wat hulle gehoor het en al klaar so gespanne was soos 'n kitaarsnaar, se gal het oorgeloop. Hy is bakarms heining toe. "Sjarrap!" skree hy, "of ek spring nou oor die draad en donner julle hele bliksemse lot Bontluise op!"

Die volgende oomblik is Gissie en Basil ook by. En net daar begin die gejil. Dis 'n oor en weer geskreëry met Vleis wat vir Basil sê hy kruip weg onder 'n vrou se rok, plaas dat hy liewer die gemors wat hy 'n hoenderhok noem en wat hy teenaan hom, Vleis, se heining staangemaak het, afbreek en die robbies wegry, voordat hy wat Vleis is die Health Department inroep. Hy vat nie kak van kabouters nie, sê Vleis. Hy het blerrie contacts hoog op in die ANC, die PAC en die

UDM. "Noem maar op, ek het contacts tot by Winnie Madikizela Mandela en Steve Tshwete. Ek is 'n Beeslaer en 'n Beeslaer laat nie met hom fokken mors nie!"

"Pas op! Moenie jou hand oorspeel nie, Vleis Beeslaer, ek weet ook iets van die wet af. Vir jou vat ek hof toe! Naamskending, crimen injuria, public indecency, moenie dink ons sien jou nie snags agter die perskeboom broek losmaak nie!"

Vleis bewe. Sy stel botande wip op en af op sy onderlip. Hy stamp dit met sy plathand terug. "Verdomp! Met wie dink jy praat jy?" skree hy. "As jy 'n man is en nie 'n muis nie, kom vorentoe. Straat toe. Los maar jou hearing aid in die kombuis, want vandag is die dag dat ek jou plat bliksem. Sodat jy agterna vir my kan sê: Thanks, Vleis, nou het ek ook iets geleer van transformasie, liberation for all, waarheid en versoening en democracy!"

So in die stap vorentoe trek Vleis sy frokkie uit. Die Beeslaervrouens volg hom tjankend, met Cyril Phosa agterna wat die Battle Hymn of the Republic begin sing.

Ek wag die spulletjie in die straat in, reg vir aksie. Swak behandeling of nie, ek staan agter Vleis.

Al die mense in Frik du Preezstraat wat op hulle stoepe kamtig besig was om plante nat te gooi, is nou in die straat.

Een ding is seker: Vleis Beeslaer is miskien 'n tawwe lat, maar as jy aan sy vrou en kinders vat, roer jy 'n teer snaar aan. As jy dit doen, sal hy 'n tier tackle.

Vleis en Basil het mekaar ook skaars gesien of hulle bolle begin rol. Dan is Vleis bo en dan is dit Basil. Knoffel, Makkie en al die brakke van Damnville wat die snuf gekry het, kef voor in die straat vir die performance van die jaar. Ek sien net hoe arme Mignon skrik en skyt-skyt die stoep opjive om agter ou Hannie van Oorkant se delicious monster te gaan wegkruip.

Die hele Frik du Preez- en Van Vollenhovenstraat se mense is nou voor nommer 24. Die een klomp back vir Basil en die ander klomp vir Vleis. Op die een hoek staan die Mufamadi-couple van die asbeshuis met Peppie aan 'n leash en bekyk die gedoente met disgust. Op die ander hoek is dit Cyril wat geld kollekteer. Hy is besig om *bets* te vat by Solly Kramer se werkers oor watter een van die twee boere die champ gaan wees.

Een-twee-drie en Vleis en Basil is albei bloedbek.

Soufie se senuwees knak finaal toe sy die Gissie-vrou sien. Net daar maak sy dit vir haar. Sy gryp die ou dolla aan haar bolla en ruk en pluk. "Kaalkop gaan op, nè!" sis sy deur haar valstande. "Nou maar laat ons sien wie gaan bles anderkant uitkom!"

Ook nie lank nie of Sally Caravan pitch op met 'n uittand-tuinvurk in die een hand en 'n Grandpa in die ander.

Vleis en Basil is later uit hulle klere uit. Albei het net een ding in die kop en dit is om die ander een op te mors. Net toe dit lyk of Vleis gaan uitpass, bring ek wat Tsjaka is, my kant. Ek vlieg blitsig onder Basil in en my slagtande sink met mening in sy pap boudvleise in. Hy spring op soos 'n jack in the boks en met dié het Vleis hom net waar hy hom wou hê: plat op sy doilie, verneder en opgehel voor 'n jil-lende en 'n gillende audience.

Dinge het so vinnig gebeur dat ek die storie nie meer mooi kan onthou nie, maar in elk geval, Hannie van Oorkant het intussen 'n blikkie Doom gaan haal en Sally Caravan tussen die oë gespuit. Dié twee ou ladies het nog nooit ooghare vir mekaar gehad na 'n gestryery oor 'n Lance James-plaat wat by 'n Pick-a-Box-show in die Burgersentrum met 'n AGS-fundraising vir 'n prys weggegee is nie.

Sally Caravan skrik nie. Aai-blerrie-kôna. Sy's nie verniet 'n kleinniggie van Piet Retief nie. Nee wat. Sy smyt haar vurk neer en pootjie Hannie dat dié kop-oor-dinges oor die gholf-bol-posbus val. Sy wat Sally Caravan is, was nie verniet op haar dag die skrik van die Springbokvlakte, champion mam-poer-downer en hoogspringkampioen van Hartswater nie.

Gissie en Soufie lê teen hierdie tyd flou in die middel van Frik du Preezstraat. Albei het 'n klomp hare verloor. Dit waai in die ligte bries met die bult af, sopkombuis se kant toe. Onder in die straat het Huibie Hoëhol haar hosepipe afgerol. Sy sleep die pyp oopgedraai met die bult af en begin al wat leef en beef natspuit – tot die Mufamadi's en Peppie met die papiere ook.

Die kinders wat tussen alles deur die bakleiery gejoin het en besig was om mekaar goed op te neuk, word ook uitmekaargeskiet met 'n stroom water.

Ek staan nog daar, my rug in 'n boog, reg vir as ek weer moet inval, toe die Beeslaers se hoenders die straat met 'n geskel en geskyt afgefladder kom. Vere waai die hele wêreld vol soos Damnville se brakke die arme klomp goed agterna sit en uitpluis.

Voor sy met haar hosepipe ingespring het, het Huibie Hoëhol al klaar die munisipaliteit, die lykbesorger, die pastoor, die vroedvrou, die ambulans, die skut, die SPCA, die Vrouefederasie en die polisie opgebel.

Soveel sports het ek nog nooit in hierdie straat beleef nie. Dis amper asof die plek nou vir die eerste keer regtig lekker word. Met dié dat ek nog daar staan en lekkerkry, ruk die ambulans en die Black Meraai met 'n groot lawaai voor nommer 24 stil. Sergeant Kennedy Banda spring uit sy vangwa, blaas op sy fluitjie en blaf orders uit vir sy manne. "Charlie Bravo!" skree hy hees. "Headquarters come in! I have a four eleven in Frik du Preez! I need reinforcement! Surround from Solly Kramers to south-south east. On the double! Roger! Over and out." Hy het 'n fountjie voor sy mond.

Daar is oombliklik een helse geskarrel. Nog karre kom by. Op die ou end is die hele Frik du Preezstraat geboei en in vangwaens geprop – sommer die Mufamadi-couple ook met hond en al.

Ek is seker Sergeant Banda het dié Saterdagoggend 'n

nervous breakdown gehad, veral toe Sally Caravan in die geharwar deur ook nog op hom afkom met haar uittand-tuinvurk. Daardie ou lady, tagtig of nie, sal 'n stoeier 'n goeie go kan gee.

"Disgrace! Disgrace!" begin die Sergeant in 'n hoë stem huil. "And they call themselves civilized! What a disgrace for a rainbow nation!" En toe Sally Caravan hom nog die K-woord ook toesnou en hom van 'n dizzy height af uitskel vir 'n moffie, is sy net daar met tuinvurk, candlewick gown, carpet slippers, de lot, in die Black Meraai ingeboender.

Vir die res van die dag was daar in Damnville 'n soort on-natuurlike stilte. Eers teen skemeraand het daar weer lewe gekom toe 'n paar vans stil-stil teen die bult opsluip en die suspects begin aflaai. Die drie Beeslaers ook, maar ek het te-vergeefs uitgekyk vir Sally Caravan. Dié, sê die Sergeant, is agtergehou in Pretoria Sentraal. Gross insubordination.

Dié Saterdag se poespas in Frik du Preezstraat was net te veel vir Soufie en Mabel. Mabel se gekerm kon jy tot bo by die Emsie Schoeman-sopkombuis hoor. Sy sal nooit weer 'n kans hê om bo uit te kom nie, het sy geween. Wie sal haar, Mabeline Beeslaer, na dese ooit 'n kans in die lewe gee? Sy wat onskuldig is soos die houtjie van die galg, met 'n tronk-voël vir 'n grootjie? "My toekoms is geruïneer. Al wat vir my oorbly, is 'n oordosis koeksoda. Ek begeer 'n einde aan alles. Carve my name with pride!"

Surprise, surprise: vir 'n verandering het ek darem daardie aand my Epol gekry. En nie nét Epol nie, maar ook 'n lang stuk wors en 'n vleisbeen om aan te kou. Dit kom van Vleis. Hy het darem onthou dat hy 'n hond het met die naam van Tsjaka. 'n Beste vriend wat hom uitgehelp het toe hy so te sê bokveld toe was.

Dit gaan nie altyd net sleg met 'n hond in Damnville nie.

Dit was 'n stemmige Saterdagaand. By Makkie het ek later gehoor die polisie maak nie meer dockets oop vir huisbaklei nie. Die tronke is oorvol en die landdroste en die staatsaan-klaers is nou ook op strike vir meer pay en oortydbetaling.

'n Mens kan seker praat van 'n geluk by die ongeluk, want as Wouter Bungalow en Hillies Grobbelaar daardie Saterdag-oggend hier was, kon die bakleiery uitgeloop het op moord. And that's no bloody maybe. Gelukkig het Grobbelaar & Bungelowski hulle verlowing in die Vegkop Hotel aangekon-dig en die hele dag daar jollification gehou met die factory workers van Afrotiet.

Rapport het ook al 'n paar keer hier 'n draai kom maak om te kom uitvind oor die fight, maar nie een het 'n deur oop-gemaak nie. Soufie sweer blou dat dit Hillies is wat daardie sharp cookie, Maretta Bellingham, opgebel het. Dis waar daar-die blerrie Hillies Grobbelaar aan al haar geld kom, sê Hui-bie Hoëhol, want sy het gehoor jy kan tot vyfhonderd rand by 'n koerant maak as jy hulle die slag 'n goeie tip gee.

Ek dink dis die stilste wat hierdie straat nog ooit was – dis behalwe Wouter en Hillies se hi-fi wat voluit oopgedraai was. Hulle het die hele nag deur net een plaat aanmekaar gespeel: "Another one bites the dust".

Ek hoor Vleis en Soufie se Morkelsbed tot by die wawiel-hek raas. Hulle maak seker nie 'n oog toe vannag nie. Ek ook nie. Daardie hap wat ek ingekry het, was 'n lekker hap.

8

NOG NOOIT VANDAT EK HIER in nommer 24 beland het, was die Beeslaërs só vroeg op op 'n Sondag nie. By my het die hongerte ook al ligdag begin knaag en ek staan met my bek deur die gat in die kombuis se sifdeur. As jy 'n Beeslaerhond is, leef jy op hoop. En hoop, sê Sally Caravan altyd, het meer siele aan die lewe gehou as al die dokters in die wêreld.

Vleis staan by die opwasbak en sluk 'n Prohep met 'n skoot

water af. Hy ril, draai om en gooi die vadoek na Soufie en Mabel wat by die kombuistafel met hulle koppe op hulle arms sit en boe-hoe.

"Vee af daardie trane," sê hy, "en hou julle koppe hoog. Die Beeslaers laat hulle nie sommer onderkry nie."

Vleis se snor en stoppels is afgeskeer. Sy gesig blink en hy dra 'n navy blue pak klere. Hy gaan kerk toe, sê hy. Kom Soufie en Mabel saam, wil hy weet. "Ons is darem nog Christene," sê hy. "Al die geneuk hier is 'n vingerwysing van Bowe dat iets nie reg is met ons lewens nie."

"Kerk toe!" roep Soufie uit en pluk die doekie wat sy vanoggend om haar kop het af. "Met hierdie hare, as jy hierdie fluff hare kan noem! En met al daardie mense wat my sit en aangaap en hulle verlekker in my smart!" Sy begin droewig huil.

Mabel neem oor. "Ek sal nooit weer my gesig iewers kan wys nie," kerm sy. "Hoe moet ek Giepie weer in die oë kyk?" Sy begin hardop huil.

"En my arme ouma sit in die tronk." Soufie se skouers ruk nou. "Almal weet Ouma sal nooit 'n vlieg skade aandoen nie. Kennedy weet dit ook en hy vergeet van die kere wat sy vir hom tydig en ontydig, tot in die nag ook, 'n drienk geskink het in die caravan wanneer hy down was. Maar dis wat jy kry. Stank vir dank!"

Vleis hou sy hande in die lug in op. "Oukei," sê hy, "maar is dit nie alles vir julle 'n teken dat ons ons lewens moet verander nie? Bly julle twee dan maar, maar ek hoef my voor niemand te skaam nie, en wégkruip, dit doen ek nie! Not 'n wiel. Mene mene tekel, sê die Bybel. Die skrif is aan die muur. Ek gaan nou. Dit was al die eerste gelui. Arrie warrie, en moet niks doen waaroor julle later spyt sal wees nie. En onthou, 'n mens moet soms bereid wees om die minste te wees."

Soufie skakel die ketel aan en bind weer die doekie onder haar ken vas. "Jou pa kan maklik praat," sê sy bitter vir Mabel, "maar ek is ook maar net 'n vrou van vleis en bloed. Wat weet ander van my smart?"

Die telefoon lui. Soufie antwoord. Dis Elvis. Ek hoor sy sê: "Mammie se hart gaan uit na jou my kind, maar miskien is dit beter so. Die spreeu het sy nes en die mossie syne. Hulle lê nie hulle eiers in mekaar se neste nie. Wie se eier is dan op die ou end wie s'n?"

Soufie kom sit weer by die tafel en roer haar koffie. Sy het effens bedaar. "Die arme Elvis," sê sy vir Mabel wat besig is om vir haar 'n milkshake aanmekaar te slaan. "Hy is maar bitter af. Die kys tussen hom en Minah is uit. Lyk my hy het nogal sin in daai girl gehad." Sy sug. "Ag nouja, wat nou nog! Dis haar mense. Minah s'n. Die pa het glo gesê sy moet met een van haar eie mense afhaak en bless hom, ek stem saam met die ou Indian. So nie, sê hy, onterf hy haar. Nou wil Boetie weg by Full Stop. Kom uitrus hier om oor die hele ding te kom."

Sy skink nog koffie. "Shame," sê Soufie. "Ook maar mens. Elvis moet maar kom end van die maand. Hy kan mos hier vir hom 'n job kry. Kentucky Fry in Inflammasieheuwel soek kort-kort 'n goeie waiter."

"Wat van my?" vra Mabel met dikgehuilde oë. "Het Ma al daaraan gedink? Watter kans het ek om iets van my lewe te maak? Dis maklik vir 'n man, ja. Wat gaan van my word?"

Ek, Tsjaka, voel nou self lus om te begin tjank. Wat van my? Waar is my Epol? 'n Hond is ook maar net 'n hond, 'n dier van vleis en bloed! En het ek nie gister my kant gebring nie? En met dié sien ou Soufie my raak. "Foei tog, " sê sy vir Mabel, "die hond het nog nie kos gekry nie. Skep tog vir hom 'n bietjie van die oorskiet pap by sy blokkies. En daar is nog 'n klomp worsvet ook in die pan. Arme ding."

So ja.

Die telefoon lui weer. Ek spits my ore. Dis Rusty. "Kan Talitha nie las nie?" hoor ek Soufie vra. "Ons battle hier met die rand af tot onder, my kind, en jy weet wat hulle sê nè, charity begins at home. Jou pa moet ouma Girla maar pols. Sy sit goed daarin. Mammie sal praat, moenie worrie nie. Ons sal wel 'n plan maak."

Mabel huil nou hardop by die kombuistafel. "Die jongste kom altyd laaste. Vir almal word daar gesôre, maar wat van my, die swartskaap? Charlize Theron het die regte dinge gedoen. Geloop. Ek moes dit ook gedoen het. Nou is dit te laat."

Soufie verloor haar humeur, ruk haar kopdoek af en gaan staan met haar hande in haar sye voor Mabel. "En nou kry jy end, Mabeline. Jy't dit die beste van almal hier. Free board en lodging en jy maak nie eers jou eie bed op nie. Lady at large, 'n madam wat nie eers haar hande in koue water druk nie, laat staan nog 'n slag haar jis lig en uitgaan om 'n job te soek om haar ouers met 'n ietsie by te staan. Swartskaap! Jy? Bederf, dis wat jy is. Nou sê ek vandag vir jou, jy bring jou kant of anders …"

Mabel spring op, hardloop deur die huis en slaat haar kamerdeur so hard toe dat ek dag nou stort die hele nommer 24 se square boks inmekaar.

"Jy moet jou staan en opruk!" skree Soufie agterna. "A nee a! Nou sit ek my voet neer! Ek moes dit lankal gedoen het; gun nie eers jou eie broer en suster 'n bietjie geluk in die lewe nie. Sies! Jy hoort jou te skaam! Wat van my, jou ma? Wat van jou oumagrootjie wat sonder 'n Grandpa of 'n knippie snuif in 'n sel sit en vergaan? Sy, wat soos 'n eie moeder vir my was, nou alleen en verlate in haar verdriet? Het jy al daaraan gedink? Toe, sê my! Bly in jou kamer en dink oor jou sondes. Een ding is seker, vir jou vat ek van nou af kort!"

Ek lê by die ossewawielhek. Ek kan nie help nie, maar ek voel baie jammer vir nommer 24 se mense. En ek verstaan skielik baie dinge. Die lewe van 'n Damnvillebrak is nie juis anders as dié van die mense hier nie. Hoe kom dit dat dier en mens uitgespoeg word op 'n plek; 'n soort gat waaruit jy altyd wil kom, maar nie kan nie? Ergste is dat hond en mens nooit gevra is wat hulle graag in die lewe sou wou hê nie. Nou nie dat ek, Tsjaka, my tande geborsel en my hare geblow-wave wil hê nie. Dis net. Aag, ek weet ook nie. Ek lê met my bek op my voorpote. Ek wil tjank. Ek wil spring en ek wil speel en ek wil byt en ek wil iets wat lewe met 'n lang tong lek. My maag rammel, al is die hongerpyne weg. Ek poep. Dis 'n lang, uitgerekte, angstige geluid. Dit, sê Makkie, sê Huibie Hoëhol, is 'n hond se manier om te sê hy is in distress.

Ek kyk op. In die oë van Mignon. "Seuna, Seuna," sê sy en sy sê dit op so 'n manier dat ek begin bewe. Sy druk haar kaal oor deur 'n ossewaspeek en ek lek dit stadig en innig. Bly vir goed hier in Damnville, wil ek sê, maar ek weet dis no use. Iets sal gebeur. Ek dink aan Sally Caravan wat my een nag toe sy treurig was, teen haar vasgedruk het en gesê het: "Daar is niks wat jy liefhet wat nie van jou weggeneem sal word nie."

'n Stasiewa hou stil. Ek kom regop. Pastoor Pentz klim uit en stap om na die passasierskant. Die een wiel is pap. Hy maak die deur oop. Iemand klim sukkel-sukkel uit. Dis Sally Caravan. Ek spring in die lug van blydskap. Ek moes haar ge-mis het. Ag foei tog, Oumatjie nog in haar gown, die hare deurmekaar en een voet sonder slipper.

Pastoor Pentz haak by haar in. Hy maak die hek oop. Hy help die strompelende ou vrou met die paadjie op voordeur toe. So in die stap gaan staan Sally. Sy sit haar hand in haar gown se sak en haal 'n kaal hoenderbeen en 'n stukkie droë brood uit en gee dit vir my. Sy kyk na my en as sy effentjies smile, weet ek my, Tsjaka se plek is hier, en dit is olraait.

9

PASTOOR PENTZ BOER NOU IN Frik du Preezstraat. Hy is meer
hier as by sy eie huis. Na die straatbakleiery is sy hande vol
met die spulletjie hier. Hy kry dit net nie reg om die klomp
omgekraptes tot bedaring te bring nie. Pleks van vrede is daar
'n oor en weer geskellery. Dis die een dreigement op die
ander van die gereg laat kom en hof toe sleep. Om die waar-
heid te sê, die onmin het nou uitgebrei tot in Jaap Marais-
singel. Omtrent niemand in hierdie plek praat meer met me-
kaar nie. Dis van die oggend tot die aand 'n gepartytrekkery.
Ou stories word opgediep en kry sterte by. Die een klomp
staan aan die Beeslaers se kant en die ander aan die Bont-
huise s'n.

Die een vir wie ek jammer voel, is ou pastoor Pentz met sy
stywe broek. Dié het al bokknieë van bid op Damnville se
voorhuisvloere. Knoffel, die een met die windhondbloed, sê
juis ou Hannie van Oorkant sê Pentz het al die myt skoon uit
die huise se matte uitgebid. Kort-kort sien jy hom maar by
die een hek in en by die ander een uit met sy ponytail wat
soos 'n nagedagte agter sy pan aan wip. Ook maar nie 'n
portret nie, met stywe broek en belt-buckle so groot soos 'n
satellietskottel.

My jammerte vir hom is oor die Nagmaal een van die dae
en omdat hy sy hande so vol het met die mense hier. Vrede in
Damnville hou net van Nagmaal tot Nagmaal. Nagmaal is 'n
baie belangrike okkasie vir die pastoor. Op so 'n Sondag haal
die ou man vir jou omtrent uit en wys. Hy doen baie moeite.
Die Damnvillers mis nie graag 'n Nagmaal nie. Dis nou vir
pastoor Pentz se performance. Hulle sê dis beter as 'n kon-
sert op Bapsfontein om Pentz dan te sien. Die ou man gaan in
'n soort trans, sê hulle. En as hy eers op so 'n stasie raak, be-
gin hy sommer voor in die saal 'n soort foxtrot doen. Ek het
Vleis al hoor sê die gesalfde het meer talent as 'n movie star.
Vleis reken ou Pentz is beter as daai ou in Psycho.

Foei tog. Hy het my wat Tsjaka is, nog nooit 'n vuil kyk ge-gee of 'n hou na my kant toe gemik nie.

Makkie vertel ook Huibie Hoëhol sê dat Pentz met 'n Nag-maal so op sy stukke is dat die diens sommer tot laat in die middag aanhou. Makkie sê Jafta meen die pastoor het 'n hot-line na bowe. Pastoor Pentz se senuwees sal ingee as hierdie klomp nie vrede maak nie. Niks sal vir hom erger wees as om daar hoog en droog op sy preekstoel in sy kerk te sit met 'n beker vol wyn en sy vinger in sy hol nie. Dít, sê Vleis, sal hom breek.

Nee, Pastoor is 'n goeie mens. Hy het Sally Caravan daar-die Sondagoggend uit die tronk uit gekry, want hy het lank gaan mooipraat met die stasiebevelvoerder by Pretoria Sen-traal. Tot gebid ook. Ek hoor ook by Knoffel die storie loop rond dat die pastoor self die borg betaal het. En dit was glo 'n kleinhuisie vol geld.

Sally Caravan se worries begin nou eers, want op 4 Septem-ber moet sy voorkom in hof 14A. Dis die hof wat gereser-veer word vir huismoles. Toe Pentz daardie oggend met haar hier aankom, het ek groot geskrik. Sally se oë het soos twee rosyntjies in haar kop gesit. Daar was 'n flerts rooi fabriek-jam op haar harige bolip. Sally sê sy het haar Heiland leer ken daar in die selle. Sy was opgesluit saam met drie hoere en 'n vrou van Bronkhorstpruit wat met tiervelle gesmokkel het. Shame. In een nag se tyd het sy so maer geword dat dit nou lyk asof sy te veel tande in haar mond het. Haar wang-velle hang en lyk soos 'n hoender se lelle.

Sally kom nou skaars by die caravan uit. Ja, die Beeslaers het baie probleme. Dis Soufie wie se senuwees vodde is. Sy het amper nie een haar op haar kop oor nie en haar ooghare begin ook nou uitval. Behalwe die hare, is sy ook baie be-kommerd oor haar ouma wat so stil geword het. Soufie meen haar ouma voel dat haar einde naby is. Sy sê sy wat Sophia is, weet waarvan sy praat. Wanneer 'n oumens soos haar ouma in die verlede begin leef, kort-kort sing *Daar is 'n ge-lukkige land ver weg van hier*, en aanmekaar oor die Wêreldoor-log praat, moet jy weet daardie een is op pad uit. Waarmee haar ouma nou besig is, sê Soufie, is om haar voor te berei vir die Poorte.

Nee, probeer Vleis troos. Die ou girl gaan dit nog maak tot by honderd-en-drie. Dis maar net haar dinge wat haar nou inhaal. Jy kan vir jouself dink, sê Vleis. Op taggentag moet 'n mens darem aan jou sondes begin dink en jou bekeer. Dis maar net 'n soort Bybelstorm wat sy het. Dié dat sy nou Son-dae die haan uit die hoenderhok haal. Dit is dat dié nie op 'n Sabbatdag op die henne spring nie.

Die enigste een met wie Sally deesdae praat, is met my wat Tsjaka is. Ek slaap nou snags pal in die caravan by haar op die kooi. Wanneer dit baie koud is, lê ek onder die donskom-bers. Sally gesels dan met my asof ek een van haar portuur is. Ek hoor nogal mooi stories by haar; van die '33 Depressie waardeur sy en haar twaalf broers en susters is en hoe pam-poenskille, perdevleis, kamfer, askoek en geloof hulle deur-gehaal het. Sy het my ook vertel van hoe haar water gebreek het op De Aar-stasie en hoe die stasiemeester Soufietjie se ma gevang het. Ek hou veral van daardie storie, die een van toe mevrou Betsie Verwoerd van Orania haar uitgenooi het vir Hertzogkoekies, Jodetert en boeretroos – wat dit ookal mag wees. Dit klink lekker. Sally sê Orania is 'n goeie plek met mense wat nog reg lewe, en hierdie Betsie Verwoerd, wat toe met hoenders geboer het toe sy wat Sally is daar gekuier het, se mense was hoog op in die ou regering. Haar oorlede man was die heel grootbaas van Suid-Afrika.

Wat Soufie ook laat glo dat haar ouma op haar laaste been is, is dat dié Singleton's snuif opgegee het. Ek het gewonder wat van daai ronde silwer blikkies geword het waaruit Sally kort-kort 'n knippie bruin poeier geneem, in haar neusgate opgedruk en daarna ge-atsjoeee het. Ek het Soufie hoor vertel haar ouma snuif al van haar vyftiende jaar af. Sy het toe begin, met Soufie se ma, nou oorlede, se geboorte. Haar ouma sweer blou, sê Soufie, dat as dit nie vir Singleton's was nie, het sy lepel in die dak gesteek. Op vyftien al.

Ja, Sally Caravan lyk bedruk en bedroef. Bedags lê ek by die ossewawiel en hou my oog op haar. Partykeer sit sy op 'n boomstomp en dop ertjies uit. Daar is asynlappe om haar bene gedraai, glo vir spatare. Terwyl sy so met die ertjies besig is, sing sy strykdeur hallelujas.

Ek weet ook nie. Sally se stories het my diep laat dink. Ek wonder deesdae aanmekaar wat eintlik die verskil tussen dood en lewe is. As jy die slag dood is, is jy dood en dit is dit. Lewe jy, is jy in elk geval die meeste van die tyd half dood.

10

EN TOE KOM GIEPIE KARATE MOS nou die aand hier aan. Opgedress met 'n CD en 'n bos blomme in die hand. Annelie van Rooyen sing nou van vroegoggend tot diep in die nag. Dis oor en oor dieselfde deuntjie en woorde: *Ek wil jou ken, ek wil jou ken, ek wil jou ken. Kom saam met my, kom saam met my, kom saam met my, kom saam met my.* Hoe vervelig kan mense raak! Dit lyk asof Mabel nou weer vonk vat. Saans op die stoep skitter sy soos 'n appel. Laat ek eerlik wees: ek, Tsjaka, is bly dit gaan weer goed met haar. G'n hond kon dit meer hou met haar gekerm sedert betaaldag se paartie nie. Giepie het mos daardie aand met die braaivleis net stil-stil verdwyn. Van toe af het Mabel haar vir lang rukke in haar kamer toegesluit en sy en Soufie was kort-kort aanmekaar met die een woord op die ander. Toe Mabel ekskuus probeer maak by Giepie oor die ding met die braaivleis, het hy dit weggelag, haar aan die wang geknyp en gesê: "Toemaar, my meisie, alles reg. Dié soort ding gebeur in die beste families."

Giepie kom nou gereeld, sommer in die oggend ook as hy nie op skof is nie – en nooit sonder 'n ietsie nie. Dis óf 'n roos óf 'n boks Quality Street. Dis wat Mabel die chocolates noem. Een aand het hy glad met 'n vierkantige boksie met 'n handvatsel hier opgedaag. Hy noem dit 'n smuktassie. Ek moet sê, Giepie gebruik nogal baie woorde wat ek nog nooit hier in Damnville gehoor het nie. Hy noem dit "korrekte Afrikaans". Giepie sê hy mors nie Afrikaans op nie. Hy is nou wel vir transformasie en al daardie dinge in die nuwe Suid-Afrika, maar Afrikaans is 'n kultuurskat en jy moet trots wees daarop. Verbrou jy jou taal, vlieg jou identiteit ook sommer by die agterdeur uit.

As Mister Briel nie op nommer 24 se stoep plak nie, show hy af met sy karate op ou Hannie van Oorkant se lawn. Die black belt-uitdunne is glo net na die Nagmaal. Teen die tyd dat hy met sy clown-broek en top op die grasperk is, begin spring Mabeline Beeslaar al klaar opgedress, gepaint en gepoeier om te cheer. Wanneer ou Giepie met sy bakhand op 'n tile afduik en dié middeldeur gekap kry, skud Mabel se tros moesies en dop haar oë om soos sy in 'n trans gaan van vreugde.

Giepie het nou 'n nuwe haarstyl. Sy hare staan regop soos 'n klereborsel. Ek het Mignon hoor vertel dat Giepie sy borshare gehenna het. En hy stap met 'n wip. Hy laat my dink aan 'n sny brood wat uit 'n toaster uit hop. Ja, die kys is dik aan. Gisteraand het Giepie vir Mabel aan die hand geneem en onder die perskeboom ingelei terwyl hy sing: *Ek wil jou ken, kom saam met my*. Mabel het saggies begin huil, aan haar moesies getrek en gevra: "Wat hiervan?"

"Dis die innerlike wat tel, my meisie," het hy geantwoord. "Die uiterlike is nie alles nie. Jy is rein soos 'n lelie, my meisie," het hy gefluister en toe weer begin sing: *"Kom saam met my"*.

Sally Caravan en Vleis het 'n hoë dunk van Giepie. "Dis

goed so," sê Sally. "Die lewe het verander. Dit het duur geword. Toe ek haar jare gehad het, het ek al die vierde een verwag. As sy met Giepie afhaak, val sy met haar gat in die botter. Wat wil 'n vrou nou meer hê – 'n man met 'n goeie werk, siekfonds en alles."

"En," voeg Vleis by, "tel nog die vrypas by. Een maal per jaar verniet trein ry na enige plek in die land toe. En moenie die jaarlikse bonus vergeet nie."

"Nee," sê Sally, "dié Giep is 'n agtermekaar mannetjie."

"Dis nou maar wors," sê Vleis. "Give the devil his due. Nog 'n ding: hy ken sy politiek. 'n Mens kan darem ten minste met hom praat oor wat aangaan in die land: politiek, die ekonomie, die ineenstorting van die rand en so aan."

Dis net ou Soufie wat nie heeltemal wil byt nie. Haar hare bly maar nog altyd aan die uitval en sy en Mabel sit nog aanmekaar vas.

Mabel het 'n paar keer geskimp vir nuwe klere en make-up, maar Soufie knip gou haar tjank. "Jou poep is koud, ou girlie. As jy wil uithang, dan moet jy maar self daarvoor betaal. Vir jou 'n werk kry. Onthou net, jy het 'n goeie job by Perreira deur jou vingers laat glip. Vat nou vir Huibie Hoëhol. Met rumatiek in die elmboog en al bak sy elke nag tien chocolatekoeke vir Macrami-tuisnywerheid. Ek hoor juis die mense kom van so ver af as De Wildt vir nommer 26 se chocolatekoeke." Soufie skiet driftig 'n skottel water by die agterdeur uit en skree oor haar skouer vir Mabel: "Werk is edel, Mabeline. Skryf hierdie dag en datum neer wat ek vandag vir jou sê, dat jy dit kan onthou."

Ag ja. Partymaal is ek ook maar bly ek is 'n hond. Ek verstaan nou wat pastoor Pentz bedoel as hy sê, "Alles is 'n gejaag na wind."

CYRIL PHOSA HET 'N GEMAKSHUISIE vol weddenskapgeld gemaak met dié dat Vleis as die champ uitgekom het by die straatbakleiery. Mister Cyril Phosa, nommer 24 se tuindirekteur, erken natuurlik nie my aandeel in die geveg nie. Aiblerrie-kôna. Hy voertsek my nog net soos altyd. Ek bly uit sy pad, want ek wil nie weer 'n bol spoeg in my oog hê nie. Die Beeslaers sien hoe ek behandel word, maar nie een lig 'n pinkie nie. Dit lyk my as jou van Phosa is, kan jy met moord wegkom.

Mignon was baie ontsteld toe sy agterkom hoe Cyril my behandel en dat die Beeslaers niks daaraan doen nie. So iets sal nooit in Wôterkloof gebeur nie, sê sy. In haar geweste, oos van Pretoria, meen hulle die son skyn uit 'n hond se doilie uit. Elke hond is spesiaal en behoort aan iemand. Hulle praat mooi met jou, sê "thank you" en "walkies", en elke hond kry 'n ordentlike naam. Kyk iemand die slag soveel as skeef na jou, laat staan nog spoeg, is die DBV en die flying squad gou op hom en die hele buurt stoot hom uit. Mignon sug, fladder haar oë en sê: "Waar het jy nou byvoorbeeld al ooit gehoor van 'n hond met 'n naam soos Jafta of Knoffel? Wat vir 'n naam is Makkie? Peppie?" Mignon kyk jammerhartig na my en sê: "Tsjaka kan nog op 'n manier gaan."

Mignon se stories laat my tot diep in die nag dink. Iewers moet daar 'n beter plek wees as Damnville, maar dit lyk vir my as die noodlot jou die slag hier uitgespoeg het, kom jy nooit weer hier uit nie. Daardie beter plek, dis seker die plek waarna ou Sally verlang as sy die slag so aanmekaar *Daar is 'n gelukkige land ver weg van hier* sing.

Ja. Al het baie dinge in Frik du Preezstraat verander na nou die dag se bakleiery, bly alles maar nog dieselfde. Vat Soufie se hare. Sy dra nou pal pruik, glo 'n Fascination Wig wat sy oor die pos deur die Huisgenoot bestel het. Sy praat ook hardop met haarself en partykeer begin sy sommer huil. "God slaap nie," sê sy dan en haar tande begin op mekaar klap. Vleis sê dit klink vir hom soos kastanjette. Hoe ook al: dis 'n gevaarlike geluid wat my ore vanself regop laat staan. Ou Makkie sê Soufie se kwaal klink vir haar na die een wat Jafta het. Nou nie dat sy soseer in aliens glo nie, maar wie weet? In vandag se dae ... Dit is dalk 'n virus van die buitenste ruim, of so iets. Dit sal haar nie verbaas nie.

Dit lyk of pastoor Penz begin moed opgee met Soufie. Sy het die arme man skoon moedeloos. Hy praat en praat en praat oor goed soos om maar die minste te wees en die ander wang te draai, maar Soufie wil niks weet nie. Sy wil nie 'n hand uitsteek na die Bonthuise nie. Dit sal sy net oor haar dooie liggaam doen, sê sy. Vrede in die straat hang van Soufie af. En as dit nie gebeur nie, is dit verby met Doris Day en pastoor Pentz se Nagmaal.

Vir haar bles het hy ook nie meer raad nie. Op 'n kol het pastoor Pentz uit wanhoop sy hande op haar kop kom lê en in 'n trans gegaan, maar nie 'n dons wou deur die stywe kopvel beur nie.

Soufie maak nie mooi met ou Stywebroek Pentz nie, sê hom sommer in en beskuldig hom glad daarvan dat hy met die Bonthuise heul. Ja, sê sy, hy wat pastoor Pentz is, moenie dink hy kan net elke keer 'n teksversie soos tamatiesous oor al die moeilikheid gooi en dan is alles weer reg nie.

Met Mabel gaan dit hunky dory, al beter en beter. Vleis het iewers geld uitgekrap, en nou trap sy in die jaart op 'n bicycle wat stilstaan. Wanneer sy so op pad na nêrens is, sit sy ook nog op so 'n lelike manier dat jy, soos Soufie sê, haar toffie kan sien. Sally Caravan het al 'n slag 'n vers uit die Bybel uit vir haar geskree, iets van 'n hoer wat doodgegooi is met klippe, maar Mabel steur haar glad nie daaraan nie. Sy sit net daar met toe oë op haar bike se saal en trap en trap en trap tot sy later maroon is tot in haar kopvel.

Vleis sê newwermaaind wat. Sy dogter is so gelukkig soos 'n kakkerlak wat op 'n oop blik baked beans afgekom het. Geluk is al wat tel, sê hy, en 'n vriendelike gesig is 'n welkome verandering in hierdie verdomde joint waar almal met gesigte loop wat jou aan die Driejarige Oorlog laat dink.

Solly Kramer het lanklaas hier kom aflewer. Ou storie. Die geld is op en dit is waarom ek nou weer op No Name Brand is. Ek weet nie aldag wat die ergste is nie, hierdie windbolle wat ek moet afsluk of Vleis se aanmekaar gekerm oor die rand wat plat op sy gat is nie. Vleis sê hy weet nie waar dit gaan eindig nie. Kyk net hoe duur is alles. As daar nie nou iets gebeur nie, sal hulle daaraan moet begin dink om te steel om aan die lewe te bly. Soos dit is, het die tonic en die pruik hom al klaar 'n fortuin uitgekom. Sit nog die ou lady se bail-geld wat hy aan die pastoor moet afbetaal daarby, en dis nag. Gebeur iets nie gou nie, sal hy daaraan moet dink om soos Wouter Bungalow te begin teel met kaketiele. "Kaketiele of steel – een van die twee," sê Vleis en stoot sy tande uit.

"Moenie steel nie," sê Mabel parmantig vir haar pa. "Onse nuwe goewerment hou nie van kompetisie nie." Mabel het altyd iets slegs oor die goewerment te sê vandat sy geretrench is. "Kyk self. Hulle gaan op en ons gaan af. Kyk net watse karre ry hulle," sê sy.

Haar praatjies maak Vleis altyd moerig. "Tel jou woorde, Miss Upstairs, en dink aan die geselskap hier." Hy wys met sy duim na Cyril wat op die sunken sitting room se trappe plak en TV kyk. "Die ou dae is verby en in my huis praat geen kind langer so nie," preek Vleis. "Jy's 'n Beeslaer en jy moet bybly. Verandering en vooruitgang is die wagwoord. Affirmative action. Vir ingeval jy nie weet wat dit beteken nie, dit staan vir 'n gelyke kans vir almal."

Vleis kom weer op dreef. Ek loer by die voorhuisvenster in. Soufie se tande begin klap en ek sien sy kry nou net sulke trekkings soos Sally Caravan wanneer sy in 'n trans gaan. Met dié dat sy so begin ruk en pluk, val haar pruik af en sy begin hard en treurig huil: "Kyk hoe lyk my kop! 'n Vrou se hare is tog haar sieraad! Maar dit is wat kinders aan jou doen!" skree sy en wys met haar voorvinger na Mabel. "Elvis se hart is gebreek en hy verloor gewig, Rusty het mannetjies-agtig geword en dan kom soek sy nog geld ook hier vir haar en daardie Talitha-ploert. Wat ons waar moet kry?" kerm sy en steek haar hande voor haar uit. "Een helfte van jou lewe word deur jou ouers opgefoes en die ander helfte deur jou kinders."

Vleis is dadelik by met die tonic en 'n teelepel.

"Druk jou tonic!" skree sy vir hom. "Jy weet so goed soos ek dit help boggerol! Jy het my mos nou waar jy my nog al- tyd wou hê: bles, in die kombuis, verslae en verslaan."

"Jou temper!" raas Vleis.

"Temper se ghwar!" skree Soufie terug en tel die pruik op. Sy swaai dit heen en weer. "Kyk hoe lyk ek. En kyk goed! Jy kry dalk nie weer die kans nie. Dis ek, jou vrou! Pankop en met 'n neus vol knoppe en gebreekte are. En om te dink op my dag was ek iets om na te kyk, kon kies en keur. Goeie mans, rykes, met grand karre. En dis waar ek nou sit: in Damnville tussen 'n agteraf gespuis wat nie 'n ordentlike dis- koers kan voer nie! God slaap nie!" huil Soufie. En met dié smyt sy haar pruik deur die venster tot voor my. Ek ruik daaraan. Dit is soos dooie katvel. Ek ril. Gril. Sies.

Dit is skielik doodstil in die Beeslaers se voorhuis.

Ek staan op en gaan lê maar weer by die ossewawiel. Ek draai 'n slag om op my sy en skuur my rug teen die kuiken- draad. My vel jeuk dat dit bars. Dis vlooie. Dit beteken die lente is in die lug. Ek wil mos sê ek ruik reën. Die vrek weet, ek kan doen met 'n verandering, maar reën bring weer vlooie en hulle word jaar na jaar meer en erger en byt seerder. 'n Hond kan nie wen nie.

Die voordeur gaan oop en Cyril mik na sy kamer toe. Hy sien my. Sy mond trek op 'n plooi en ek sien hy wil dit weer vir my maak met 'n bol spoeg. En net daar, sonder dat ek dit besluit het, strip my moer. 'n Hond kan ook net soveel vat! Ek wat Tsjaka is, spring op. My bolip trek vanself op. Ek grom. Cyril spring hoog in die lug in op. Hy het geskrik!

Op pad na sy joint kyk Cyril kort-kort om. Hy is wragtig bang. So ja. Vir 'n verandering werk iets vir my ook uit. Net om dit goed in te vryf, gaan stamp ek my lyf teen sy deur toe hy dit toeslaan. Hy het my lank genoeg gesoek. En nou't hy my gekry.

Die telefoon lui in die voorhuis.

"Hêllous!" roep Mabel vrolik uit. Sy't seker gedink dis Giepie, maar die oproep is vir Vleis.

Dis Girla.

Ek luister, ore gespits om die storie te probeer uitmaak. Ek kan Girla tot by die ossewawiel hoor huil: Tango du Toit is missing.

Die swank het nooit sy gesig gewys vir die tango-uitdunne nie en matrone Prinsloo van Huis Herfsblaar het Girla glo gewaarsku dat hulle hom gaan aangee, want sy huur is al vir drie maande agterstallig.

Nou is die Beeslaers eers vir jou opgewerk. "Ek het reg van die begin af geweet daai windgat is 'n con trickster," roep Vleis ontsteld uit.

"Ek het hom ook nooit vertrou nie," sê Soufie wat nou heeltemal bedaar het. "Daai ogies van hom sit glad te na aan mekaar!" Haar gesig begin aan die een kant trek.

"So 'n bliksem!" sis Vleis. "Ma sê hy't nog op haar oudagpolis geleen ook. En dis geld wat aan die Beeslaers behoort. My ma en pa het hard gewerk vir daardie geld. En juis nou met Rusty wat, as daar nie genade kom nie, haar heil en seën moet gaan soek tussen 'n klomp plakkers op 'n oop veld sonder water en krag."

"Moenie jou so opwerk nie, Vleis, jy sal beroerte kry," sê Soufie sarkasties. "Dink liewer wat jy gaan doen. Ek ken jou mos. Jy't natuurlik jou hart op Tango gesit om jou te help." Sy begin lag. "Wildsplaas en 'n free holiday en daar het jy dit nou. Maar jy wou mos nie luister nie. Ek het jou reg van die begin af gewaarsku. Wat nou?"

"Ma kom môre met 'n lift deur. Haar soetkyste is alles klaar gepak. Een van die ander ou toppies bring haar met sy Volvo. Dié sal ook vir 'n ruk lank hier moet oorbly, sê Ma. Dis mos olraait, nè? Dis glo 'n meneer Saltie Sprinkelgras. Ek dink hy's Hollands."

Soufie kyk na die dak. Haar bles blink in die lig van die chandelier. "Dit beteken alles kom al weer neer op arme ou faithful Soufie Beeslaer." Sy lyk oes. Ek begin haar regtig jammer kry.

"Ek slaap nie weer op die settee onder die delicious monster nie!" huil Mabel.

"Bly jy stil!" sê Soufie uitdruklik vir haar. "Kan jy nie vir 'n verandering aan iemand anders as jouself dink nie? Wat van my? Kry ek ooit hulp van jou? Hier staan ek, 'n vrou van vleis en bloed en ek word van alle kante af gedruk."

Mabel begin droewig huil: "Maar wat dan nou van my moesies, met die dat Tango nou weg is? Ek het vir Giepie klaar vertel dat Tango se neef wat Felicia se plooi reggesien het, my ook gaan help sodat ek weer 'n kans in die lewe kan hê!

"Boe-hoe, " huil sy. "Alles werk ook teen my."

Ek, Tsjaka van Frik du Preezstraat nommer 24, wens ek kon ook soos Jafta ander stemme hoor, net vir 'n verandering. Mabel se geneul oor haar moesies en die settee waarop sy moet slaap as daar mense kom, begin my náár maak. Dink sy ooit aan my wat op 'n ou sak moet lê? Een wat so dun is dat ek die klippers dwarsdeur kan voel?

12

HULLE KAN NOU MAAR TANGO UITMAAK vir 'n wie-weet-
wat, maar vir hierdie Saltie Sprinkelgras met wie Girla hier
aangekom het, het ek nie sóveel tyd nie. Vandat hy sy voet
by die wawielhek ingesit het, probeer ek al uitmaak wat met
sy hare verkeerd is. Dit is 'n snaakse besigheid wat daar agter
op sy kop aangaan: 'n klompie grys hare wat in die lug in op
kroes soos 'n potskuurder wat iemand op sy kop vasgeplak
het. En suur! Vir my kyk hy aan asof ek 'n factory reject is
en hy koes met sy hande voor hom uit. 'n Mens sal sweer ek
het die pes. En wat vir 'n naam is Sprinkelgras! Maar Mak-
kie sê Huibie Hoëhol sê hy is 'n Hollander en hulle het sulke
snaakse name. Hulle sê hy praat hollangs, wat dit ook mag
beteken.

Girla lyk nie vir my na 'n vrou wat suffer nie. Om die
waarheid te sê, ek het haar nog nie een traan sien stort nie.
Sy squeak nog nie eers nie, of hierdie Saltie Hollangs is by
met vlugsout of 'n glas OBS. "Sluk het eve goed af, mijn leuke
mijd. Wanneer wij weer vortgaan, koop ik voor je een roode
Angora poes, hôr je wel?"

Met dié buig hy vooroor, neem Girla se hand, soen dit. 'n
Harde knal ontsnap sy broek. Hy draai 'n slag skuins om,
kyk na Soufie en sê: "Dat liegt."

Girla bloos, giggel en sê: "Siestog, julle moet maar ver-
skoon, hy is nog nie heeltemal reg na sy operasie nie."

Vleis en Soufie het amper hulle valstande ingesluk en Ma-
bel het skoon by die deur uitgehardloop en op die stoep gaan
sit. Dié aand sê sy vir Giepie dis die onbeskofste ou man wat
sy ooit teëgekom het, hy vloek sommer onder die vroue se
rokke uit. Soos dit is, is sy en Giepie albei hoog die hoenders
in omdat Girla en meneer Sprinkelgras twee van die drie ka-
mers beset en sy in die voorhuis onder die delicious monster
moet slaap. Wonder bo wonder het Sally Caravan haar in-

gehou met hierdie Hollander. Sy het ook net kennis kom maak. Girla het uitgeroep: "Méns, Sally, wat makeer! Hoe is dit dan dat jy so maer is! Is dit siekte of iets?"

Sally het geantwoord: "Worries, worries, worries. Dis die moeilikheid wat ons hier gehad het wat my so opvreet. Maar los dit nou maar, Girla. Dis 'n storie vir 'n ander dag." Sally is daarna vort en het haar sedertdien skaars gehou. Seker maar die worries oor 4 September se hofstorie.

Nou moet ek ook sê, windgat of te not, liewer Tango as hierdie man wat so hollangs praat.

Vleis maak ook geen geheim daarvan dat hy nie tyd het vir hierdie Saltie Sprinkelgras met wie sy ma nou weer deurmekaar is nie. Dit lyk vir hom sy ma kan nie oor 'n straat stap sonder 'n man nie. "Die ou man is way back behind the time, en dit nogal vir 'n uitlander," het ek Vleis vir Giepie hoor sê. Dit lyk ook nie of die twee haastig is terug Witbank toe nie. Hierdie Saltie kyk dwarsdeur Cyril sonder om soveel as "dag, hond" te sê, en as hy van hom praat, praat hy van "de slaaf".

En praat van 'n dik vel! Hy kom nie eens agter dat die huismense nie meer met hom praat nadat hy daardie groot wind in die kombuis gelaat het nie. Om die waarheid te sê, hy kritiseer alles, tot die koffie. "Heb je niet Mocca Java? Dat is tog viese witgatwortel."

Soufie se tantrums het skielik opgehou. Sy het stil geword. Dis asof haar gedagtes op 'n ander plek is. Sy is ook vergeetagtig en brand aanmekaar die kos aan. Die smeuloonde se dokter sê hy weet ook nie meer nie, maar hy meen sy het nou dringend 'n break nodig iewers op 'n plek waar dit rustig is. Dit is asof Girla en Saltie Sprinkelgras aan haar verbygaan.

Party nagte hoor ek Jafta kerm. Ou Makkie sê Huibie Hoëhol reken die aliens eksperimenteer op hom. Ek, Tsjaka van Frik du Preezstraat nommer 24, onthou Jafta vandat hy die eerste dag hier aangedrentel gekom het: brandsiek, maer, vol sere en bosluise; 'n hond met die treurigste oë wat ek nog ooit gesien het. Hy het van nêrens af gekom nie, en jy sal altyd wonder. Uitvra help nie, want Jafta antwoord nie. Ou Huibie Hoëhol het hom jammer gekry, die hek oopgemaak en Jafta het onder die lekkende kraan 'n paar druppels gaan opvang. En hy het gebly. Wat Huibie hom kon gee, was goed genoeg. Daar was in elk geval vir hom geen sin meer daarin om verder te swerf nie. Dalk verlang hy ook na daardie gelukkige land waarvan Sally Caravan so sing. Is daardie gelukkige land dalk Wôterkloof met sy doggy parlours, sy hondetandeborsels en sy mense wat die DBV inroep as iemand maar net soveel as skeef kyk na 'n dier?

Vandat Mignon in my lewe gekom het, hou ek aan dink, maar ek kry niks deurgedink nie. Ek wonder oor alles. Sê nou net daardie gelukkige land is so droog soos die wêreld en die lewe hier in Damnville droog is?

'n Kar briek voor Frik du Preezstraat nommer 24. Die brakke begin blaf en Sally Caravan laat my uit. Die Beeslaers se stoeplig gaan aan. Die ossewawielhek tjierts oop. 'n Swart government garage-kar trek weg, gaan hou onder die bloekombome op die hoek stil en die ligte en enjin word afgeskakel. Die Beeslaers se voorhuisdeur gaan oop.

"Hêllous, hêllous, hêllous!" sê Tango du Toit. Hy sien my en kom nader. Ek spring teen hom op. Hy druk my teen hom vas. "My ou Dingaantjie, my ou Dingaantjie," kerm hy en die druppels uit sy oë rol oor my kop en drup teen my snor af. Hy haal 'n groot stuk biltong uit sy binnesak en gee dit vir my.

13

TANGO DU TOIT. WATTER STORIE! Hy het nie lank gebly nie. Skaars hier, toe is hy weer vort. Dit was in elk geval al diep in die nag. Waar moet ek begin? Ek onthou die helse stuk biltong besonder goed, want ek was hongerder as honger. Dit was asof Tango du Toit yl, maar Saltie Sprinkelgras het agterna gesê dis net een grote act van de domme kont.

Tango se koms het die Beeslaers onkant gevang. Hulle het daar onder die straatlamp gestaan, vinger in die kies. Dis nou die man wat Vleis gesê het hy vermoor hom met sy kaal hande as hy hom weer sien. En nou kan nie een 'n woord uitkry nie. Nie een het die guts om hom uit te kak oordat hy 'n con trickster is nie; dat hy Huis Herfsblaar se huur nie betaal het nie en weg is met 'n klomp van ou Girla se oudag-polisgeld nie.

In elk geval, daardie nag toe hy hier aankom, het Tango nog voordat die stom ou klomp 'n woord kon sê, sy hande in die lug in opgesteek en "Hensop!" uitgeroep. Toe het Tango lank na Girla gekyk wat met haar hand in Saltie Sprinkelgras s'n staan, en gesê: "Sorry, my girl, wat jy ook al mag dink of gehoor het, dit is nie die waarheid nie. Dis alles leuens. Die waarheid is, ek werk undercover. That's that. Meer mag ek nie sê nie. Anders oortree ek die wet op amptelike geheime." Met dié het hy sy hand plegtig na Saltie uitgesteek en gesê: "May the best man win."

Die hele klomp is toe in kombuis toe en Soufie het koffie gemaak. Ek het sifdeur toe gesluip, maar almal, ook Sally Caravan wat wakker geraas is en op die laaste bygekom het, het so gelyk gepraat dat ek boggerol kon uitmaak wat aangaan. Al wat ek kon hoor, is Tango du Toit wat kort-kort gesê het dat hy 'n soort double-oh-seven vir die nuwe regering is. "Vandag is ek hier, môre daar; Israel, die States en nou is ek so te sê op pad Afghanistan toe."

Vleis wou nog uitvra, maar Tango het sy hand opgehou en gesê: "Ask no questions and you'll hear no lies." Vir Girla het hy weer omhels: "I've tried my best to adapt, maar avontuur is eerste natuur by my. Dis 'n dieper iets wat in my is

en my orders gee. Ek het geen ander keuse nie. I must obey."
Tango het skielik na Mabel gedraai, stip na haar moesies
gekyk, opgestaan, geboë na haar gesluip en al twee hande
om haar gesig gehou. "My Anneline Krieltjie. Tango du Toit
het nie vergeet nie en sy woord is sy eer. Laat ek net hierdie
mission afhandel en ek foun daardie neef van my dat hy kan
klaarspeel met die ongelukkigheid. Oukei?" Hy het so mooi
gepraat dat Mabel trane in haar oë gekry het.

Hy het weer na Girla gedraai. "My land het my nodig. Jy
verdien iemand beter as ek, en Saltie lyk vir my na die goeie
ou soort. Hy kan jou gee waarna jy soek, maar jou Tango, kyk
na my, Girla, jou Tango is 'n loner. And danger is in my
blood."

Op hierdie noot het daar al weer iets verkeerd gegaan met
Saltie Sprinkelgras se derms. Daar was skielik 'n allemagtige
ontploffing. Dit het Tango blitsvinnig na sy gun laat gryp. Eers
toe 'n onwelriekende walm die kombuis vul en Girla ver-
duidelik van Saltie se operasie, het Tango weer ontspan en
sy hand van sy gun afgehaal. Soufie, highly impressed met
die ware Tango wat sy nou hier ervaar, het nogal probeer
om hom om te praat om vir die nag te bly en aangebied om
vir hom 'n kooi op te maak voordat hy op sy volgende mis-
sion gaan, maar Tango het weer sy hande in die lug in opge-
hou: "Thanks, Sweetness, maar voor die son opkom, moet
ek 'n disappearing act doen. I am a ship in the night. Secret
mission, en ek wil julle great mense nie involve nie. Al wat
ek kan sê, is dat my missie iets te make het met rooi kwik."

Vleis wou nog uitvra maar Tango het sy hand op sy hart ge-
druk. "Classified information," het hy gesê. Toe het hy Girla,
wat die hele tyd smagtend aan sy lippe gehang het, se bene
met sy knie oopgedruk en haar innig teen hom vasgedruk:
"My love for you is like a red, red rose," het hy gefluister en
sy oë het wasig geword.

Voor in die straat onder die bloekoms het die government

garage-kar gewag. Tango het in die nag soontoe gesluip. Voor hy ingeklim het, het hy vir laas nog 'n lang stuk koedoe-droëwors uit sy sak gehaal en vir my uitgehou met 'n laaste bevel aan Vleis: "Just one favour, pal, be civil to my Dingaan-tjie. Please." En met 'n "Adios amigos," het hy ingeklim. Die government garage-kar het sonder ligte om die hoek van Jaap Marais-singel verdwyn.

Tango du Toit het nie eenmaal omgekyk of getoet nie.

"Wees stil, daar gaan 'n mán," het Vleis skor gesê.

Girla het saggies begin ween.

"Godverdomme," het Saltie tussen sy tande deur gesis. "Alsjeblief! Jullie moeten tog helemaal gek zijn om dese zwendelaar te gloufe."

Sally Caravan se bene het skielik onder haar padgegee. Sy het op haar knieë te lande gekom en haar oë het omgedop. "My Got, dis die voorbode wat ek gehad het. Alles was pre-sies net so."

Binne-in die huis het 'n kabaal losgebars. Dit het geklink of iemand beddens en soetkyste rondskuif. Al die ligte was aan en dit was asof almal tegelyk praat. Ook nie honderd jaar nie of Saltie Sprinkelgras kom skellend aangestrompel na die Volvo toe, terwyl hy 'n huilende Girla agter hom aansleep. Teen hierdie tyd lig die hele Frik du Preezstraat se gordyne al soos die mense loer om te sien wat nou weer by die Bees-laers aangaan.

Die ou man skakel die kar aan, maar iets moes verkeerd gegaan het met die ratte, want die Volvo reverse en stamp die hek met een helse slag. 'n Paar speke van die ossewawiel spat in die lug in op en beland in die asparagus ferns op die stoep. Met 'n laaste backfire verdwyn die kar in die nag in.

"Die verdomde kaaskop," skree Vleis. "Ek moes sy nom-mer gevat het."

Soufie sê net: "Oh well, good riddance to bad rubbish."

Tango du Toit is weg. Ek sal hom nooit weer sien nie.

Ek wat Tsjaka is, het 'n vriend verloor. Windbol, swank of fancypants, Tango was my vriend en my vriend is weg vir goed. Hy het gegee: broodrolle, koedoewors en biltong. En homself. 'n Tjankerigheid het in my binnegoed geswel.

14

"McDONALD'S KAN NIE 'N HAMBURGER MAAK NIE," sê Giepie wyser as wys. Jy kan amper sê hy plak deesdae op die Beeslaers se stoep. Hy dra nou glad 'n PT-broekie en al is sy bene aan die maer kant, kan hy met harde muscles spog. Dis seker van die somersaults en die middeldeur gekappery van die daktiles. Dis nou pure stroop tussen hom en Mabel en hulle verdwyn aanmekaar arm-om-die-lyf perskeboom se kant toe. Ek kan tot by die ossewawiel hoor hoe skuur hulle rond. Mignon sê Huibie sê jy kry nie so iets soos 'n pot wat te skeef is vir 'n deksel nie. Ek het Sally Caravan ook al hoor sê liefde is blind. As ek daardie twee so bekyk, glo ek dit. Sally sê ook liefde verander tot 'n heks as dit die slag na dié se kant toe kom. Dit moet waar wees, want deesdae praat Mabel bybietaal met my en partykeer buk sy selfs af en trek spelerig aan my oor. Ook Giepie Karate siebie-siebie my. Ek is bly hy het in Mabel se lewe gekom, want ek het altyd gedink ek sal nooit ooghare vir haar hê nie en dat haar bloed so koud is dat nie eers 'n vlooi met haar sal bodder nie. Alles het verander vandat sy die lig van die liefde gesien het. Aan die ander kant, hierdie Giepie. Hy kan ook maar lekker grootpraat.

"Dit lyk vir my almal wil Amerikaans wees, maar van gehalte weet niemand iets nie. Tant Hannie kan verreweg 'n beter maalvleiskoekie aanmekaarslaan as McDonalds en ek is seker jou ma ook," sê hy, neem Mabel se hande in syne en voeg by: "en ek kan nie wag vir hierdie twee handjies om 'n maalvleiskoekie te bak nie." Mabel glimlag skaam. Giepie klap haar hande teen mekaar en kwyl: "Handjies klap, koekies bak … "

Mense is snaaks.

Mabel begin amper mooi lyk deesdae. Sy dra die hele familie jewellery om haar nek en arms, met blinkgoed vasgespeld aan haar bors en ringe aan haar vingers. Makkie sê Huibie Hoëhol sê sy lyk soos 'n vertoonvenster op Oukrismisaand. Soufie sê as daar darem een goeie ding uit die verhouding gekom het, dan is dit dat Mabel daardie onchristelike Loslyf gelos het. Sy lees nou Finesse'se wat Giepie vir haar aandra. Haar lippe blink ook nou. Mignon sê die vroue in Wôterkloof smeer ook daardie goed aan hulle lippe. Hulle noem dit lip gloss of so iets. Dis net jammer van die moesies. Dié Tango met sy beloftes en braggery. Arme ou Mabel het regtig haar hart gesit op sy beloftes van die neef. Ek hoor haar party aande by Giepie huil wanneer hulle onder die perskeboom vry. Hy neem haar dan in sy arms en troos haar: "Ek het elke ou moesietjie, vratjie, sproetjie en dingetjie lief aan jou, my meisie. En onthou wat ek vir jou gesê het: dis die innerlike wat tel, en nie wat die oog van buite kan sien nie."

Met die min geld vir Cape Hope in die laaste tyd is dit aanmekaar politiek en sake van die dag in die Beeslaers se huis. Asof Vleis se geteem oor die rand op sy gat nie al erg genoeg was nie, is dit nou Giepie ook wat 'n noot in die psalm saamsing. Die twee kan mekaar ook maar goed aanhits. Nee, reken Vleis; hy sal nie omgee om Giep vir 'n skoonseun te hê nie. "Kiewietbene of te not, dis 'n ingeligte kêreltjie daai. Hoe sê die Engelse spreekwoord nou weer? You can't judge a book by its cover. Daar sit baie tussen daardie twee ore van Giep – bak of-te not."

"Ja," laat hoor Giep die Beeslaer-audience, "ek weet ook nie aldag waar eindig die ou regering en waar begin die nuwe een nie. Daar is altyd iets verkeerd, maak nie saak wie regeer nie. Vat nou hierdie ding met die stakings en die skole, byvoorbeeld. Soos pastoor Pentz sê, al wat vir ons oorbly, is om te bid; om nie te vrees nie, maar om te hoop. Ek is natuurlik een wat glo jy moet almal 'n kans gee. Geduld. Dis wat ons nodig het. En saamstaan. Ons deel nou eenmaal dieselfde land."

"Dis soet woorde in my ore daardie, Giepie," sê Vleis ingenome, steek sy hand uit en sê: "Vat vyf, ou swaerie."

Ek het nou die dag vir Soufie, wat haar deur niks laat impress nie, hoor sê Giepie klink ook maar vir haar by die dag meer soos 'n bumper sticker. Gister het sy by Hannie van Oorkant gaan kla dat dit vir haar moeilik is om 'n heldin te wees met net 'n honderd rand 'n maand vir groceries. Sy het darem nou op 'n Shoprite-special afgekom met Farmer Brown hoenders teen R9,99 'n kilogram. Nie te sleg nie. Jy kan die rand rek met 'n hoender. Sop maak van die afval; tamaties by die witvleis sit saam met macaroni vir 'n stew en so aan. Ek kan hoor Soufie probeer haarself moed inpraat. Boonop pak die arme ou siel se twee regte tande nou heeltemal op. Makkie sê Huibie sê die stompies wat sy nog het het dringend 'n service nodig.

Vleis het vir haar 'n nuwe pruik laat kom, die keer Fascination Wigs se nuutste Joan Collins model, wie dit ookal is. In elk geval, die pruikhare is nou opgetof met 'n rooierige skynsel. Vleis kyk aanmekaar na Soufie vandat sy dié pruik dra en sê dan: "Ag my ou darling, as jou hare weer een van die dae uitkom, moet jy dit tog maar laat doen in daardie style. Dit pas jou tog so mooi."

Dis asof Sally Caravan by die dag stiller word. Sy hou haar eenkant. Sy het nog maerder geword. Nie lank gelede nie het sy nog soos 'n oorgewig Kewpie-pop gelyk. Vleis sê sy sal wel weer regkom na 4 September wanneer die koortsaak eers verby is. Ek, Tsjaka, bekommer my morsdood oor die ou lady. Snags druk sy my teen haar vas, ril en sê: "My hart is 'n horror movie," en dan vertel sy my van haar ervarings in die tronk. Sy sê sy moes omtrent twintig vorms invul daar by Pretoria Sentraal. En dit sonder haar vergrootglas wat sy altyd in haar voorskootsak dra. Sy kon ook nie altyd al die Engelse woorde verstaan nie. Hulle wou haar toe ook sommer opskryf omdat sy nie haar ID by haar gehad het nie. En tog, sê Sally Caravan, as sy nie Afrikaans gepraat het nie, het hulle haar die land uitgesmyt vir 'n onwettige immigrant. Saans daar in die sel, vertel sy, het sy op 'n klomp opgestapelde matrasse gelê, so hoog dat haar voorkop amper teen die ceiling gestamp het. Elke keer wanneer daar 'n nuwe suspect inkom, ruk die bewaarder die onderste matras onder haar uit totdat sy hier teen vier in die oggend op net een dunnetjie op die vloer gelê het. Sy kon die koue van die sementvloer dwarsdeur voel, en soos dit is, keil die rumatiek haar op. Teen die pyn wat sy daar in die tronk gehad het, het sy niks by haar gehad nie. Nie 'n Grandpa of 'n knippie Singleton's snuif nie. Die hoofbewaarder, 'n ene Ester Independence, was baie goed vir haar. "Zoeloe of nie, sy het vir my 'n cigarette gebring en gesê ek moenie so worrie nie, want ek is after all nie in vir high treason nie."

"'n Swarte se hart is dalk ook maar soos ons ander s'n," sê Sally. Ja, vertel sy, sy het baie tyd gehad daar in die tronk om te dink. "Jy leer jou Heiland ken." Later vra Sally Caravan vir my of ek nie ook voel dat dit maar beter sal wees as sy die minste is nie. Dalk moet sy maar vir Sergeant Banda om vergiffenis vra.

Sy begin weer hallelujas sing. Uit jammerte druk ek my rug styf teen haar maag. "Sie nou, stadig Tsjaka," sê sy. "My shocks het opgepak." Sy lag. "En om te dink, nou-die dag nog kon hulle trampolien spring op my maag."

In die middel van die nag staan sy op, maak koffie en dip 'n Ouma daarin. Ek kry ook 'n stukkie van die beskuit. Sy eet en haar yl baard en snor word vol krummels.

Is dit hoe dit met jou gaan hier op die laaste? Ek dink en ek dink en ek dink. Sê nou net daar is 'n wêreld waarin jy jouself kan wees? En wat gaan van my word as Sally Caravan weg is? Dit is so lekker by haar hier in die caravantjie – so soort van weg, eenkant uit die wêreld en wat in daardie wêreld gebeur, al kan ek tot hier hoor hoe raas die Beeslaers aan die een kant. Aan die ander kant is dit weer die Bonthuise wat hulle griewe uitspoeg. Almal doen dit hard genoeg sodat hulle mekaar moet hoor. Van oorkant af weer, waar arme Mignon nou haar lewe moet slyt, is dit ééreers 'n razzmatazz. Sien, nou die dag het 'n lorrie mos daar stilgehou en 'n Lowrie-orrel afgelaai. Hannie van Oorkant sukkel nou dag en nag om 'n wysie uit die ding uit te kry, met Giepie wat *Koe koe koe roe koe koeeeee Pa-lo-o-ma* probeer sing.

"Kyk," sê Sally Caravan een aand op die stoep vir die Beeslaers, "soos gras is die mens se dae. Ek het my deel gehad, harde bene gekou en ou bene gemaak. Dinge begin uitwerk hier en ek kan met 'n geruste hart gaan. Mabeline kry 'n goeie man en Elvis is klaar met die Indians. Rusty het 'n agtermekaar vroutjie in Vanderbijl om haar op die regte pad te hou. Hierdie wêreld is nie my woning nie. Aanstons moet ek verhuis na 'n land ver weg van hier …"

Op hierdie punt begin Soufie huil. "Moenie treur nie, my kind," troos Sally. "Vir alles onder die son is daar 'n tyd. Mense wat soos ek met die helm gebore is, wéét wanneer dinge reggemaak moet word. Op 4 September moet ek in die koort voorkom. Ek sal dit vat. Maar my wens is dat julle vrede met Gissie Bonthuis moet maak. Gissie se bek is nou wel soos 'n boks Rattex, maar draai maar die ander wang soos die Skrif van ons vra."

Ek lê by die ossewawiel en ek luister na profeet Sally. My derms maak 'n knoop naby my sluk. Ek verstaan nie wat haar groot woorde beteken nie, maar iets in die manier waarop sy dit sê, verstaan ek. En seker die Beeslaers ook. Hulle omhels almal mekaar en toe begin hulle huil dat jy hulle seker tot by die smeuloonde kan hoor. Net na die sessie onhou Vleis skielik hy het nog 'n halfjack Cape Hope in die garage in die rak agter die Marilyn Monroe-almanak van 1955 wat 'n mechanic daar gelos het. Elke keer as Hillies en Wouter Bungalow hier aankom, knipoog Wouter vir Vleis en dan suiker die twee af garage toe waar hulle 'n swig vat. Wouter streel dan elke keer met sy hand oor Marilyn se mond en bene, en sê: "What a girl! Look at them lips: regte blow job-lippe."

Vleis het die ekstra bottel gaan haal. Die Beeslaers vat 'n dop en sing song daarna die hele nag deur oor die vyand wat die mens moet liefhê. Juts voor die mossies begin mors, voer Vleis my 'n stuk wors deur die gat in die sifdeur. Hy vryf my kop en sê: "Tsjaka, my ou koning. Vir jou gaan ek eendag 'n groot begrafnis gee."

Vroeg die oggend is Soufie met 'n roly-poly-poeding oor na die Bonthuise. Van hier waar ek by die ossewawiel lê, kan ek Gissie en Soufie hoor opmaak. Dis suster voor en suster agter, vergewe en vergeet en laat die wind oor alles waai. Wat verby is, is verby en bla-bla-bla.

Vrede oplaas en ek is bly vir pastoor Pentz se part. As hy die nuus kry wanneer hy vanoggend weer sy rondes in Frik du Preezstraat doen, sal hy met 'n huppel, 'n wippende ponytail en 'n lied in sy hart kan teruggaan om sy Nagmaal-act te rehearse. Arme pastoor Pentz. Het hy dan nou nog nie agtergekom dat dit maar weer dieselfde ou storie sal wees ná die Nagmaal nie? Vrede hou skaars 'n naweek in Damnville.

15

NOU TOE NOU! En daar gaan gee Mabel en Giepie toe gebooie op by pastoor Pentz. Die twee het besluit om net na Giepie se black belt-eksamen af te haak. Dis dan ook Giepie se verhogingsmaand by die railway.

Hulle is nes voëltjies saans op die stoep. Koer en koer en koer. Ek luister. Giepie sê hy het ietsie opgespaar gekry vir die honeymoon en hulle moet see toe. Hartenbos. Hulle kan met die trein gaan en baie spaar met die vrypas.

Mabel het amper mooi geword vir my. Wel, in vergelyking met hoe sy gelyk het. Sy lag aanmekaar. Net jammer van die moesies. Verder ry sy nou pal op daardie bicycle wat so stilstaan. Mabel, of Mabeline soos almal haar nou op haar aandrang noem, word maerder, reken Sally Caravan. Mabel haal ook omtrent elke dag die bus Inflammasieheuwel toe na ene miesies Engelbrecht toe. Dié maak glo die trourok: 'n spierwitte wat uitklok met 'n sleep en 'n sluier en met 'n groot strik op die boude. Al het die Beeslaers nog baie worries, is hulle tog dankbaar bly om Mabel af te trou aan so 'n agtermekaar vent soos Giepie Briel. Soos Vleis sê, sy aanstaande skoonseun het inbors. Uiteindelik stem Soufie saam. Giepie het inbors. Hy is nie een wat 'n mens 'n drinker kan noem nie, al vat hy af en toe 'n ietsie saam met Vleis op die stoep.

Ja, dit gaan nou beter tussen Soufie en haar jongste dogter. Dit was net iets verskrikliks soos hulle twee baklei het daardie tyd voordat Giepie in Mabel se lewe gekom het. Soufie begin nou selfs dink dat haar worries oor Mabel die oorsaak kan wees dat haar hare so begin uitval het. Op TV het sy juis 'n vrou hoor sê dat worries 'n ma op die snaaksste maniere kan tackle as dinge tussen hulle – ma en dogter – verkeerd loop. Cyril, wat ook die show gesien het, het sy kop geskud en vertel dat hy en sy vrou Thembi dieselfde moeilikheid gehad het met hulle Blessing. Soos die twee vrouens darem baklei het! Een aand het al die familie gekom en hulle het gepraat en gepraat. Alles het uitgekom en daarna was alles weer olraait. Dit gaan nou nog goed.

Alles goed en wel, het Soufie vir hom gesê, maar wat sy wil weet, is waarom Mabel elke dag meer en meer eet – veral as sy van daardie bicycle afklim.

Nee, dit was so met sy Blessing se geëtery ook, het Cyril gesê. Eers toe sy getroud is en geloop het, het dit weer goed gegaan tussen haar en haar ma.

Dis ook asof Sally Caravan 'n bietjie lewe kry vandat daar 'n troudatum is. Sy het Vleis 'n paar jaarts katoen vir haar laat aanry van Marabastad af om vadoeke te maak vir Mabel se trousseau. "'n Mens kan nooit genoeg vadoeke hê nie," sê sy kort-kort so met die kopspelde tussen haar tande deur.

Hannie van Oorkant, lyk dit vir my, het die skoot die hoogste deur van almal. Knoffel vertel dat Hannie al klaar uitgetrek het uit haar slaapkamer. Sy het dit laat afwit, 'n nuwe deken op die dubbelbed gesit en prente bokant die kaggel opgehang. Mignon sê sy ken daardie prente, hulle hang in Wôterkloof ook. Hulle sê dis Sarah Moon-afdrukke. Na die honeymoon gaan die Briel-couple mos by ou Hannie van Oorkant intrek. Hannie boer by die Beeslaers en dit is net Giepie dit en Giepie dat. Giepie is die seun wat sy nog altyd wou gehad het. En nou met die troue kry sy 'n dogter by.

Mignon weet nie mooi wat aangaan nie. Sy draai haar koppie skeef na my, kyk in my oë en sê die mense hier is heeltemal anders as dié waar sy vandaan kom.

Mignon se een oortjie is nou so te sê kaal, en dit wil vir my lyk of haar krulstert ook yler word. Ek sit by haar op die pavement, maak my oë toe en dink aan die dag toe ek haar die eerste keer gesien het met die verdwaasdheid in haar oë.

Eintlik is Damnville nie altyd 'n slegte plek nie. Nes jy wil wegloop, gebeur daar iets wat jou wil laat bly. Soos nou.

Die Briel-Beeslaer resepsie gaan op die lawn by die Beeslaers gehou word. Vleis het by 'n pêl by die smeuloonde 'n tent geleen vir ingeval dit reën. Hy en Cyril is nou elke dag wanneer hy af is met die lawn besig. Die kaal kolle begin toegroei en saans spuit die spreiers tot wie weet watter tyd. Sally Caravan sê die lawn was nog nooit vir haar so mooi nie. Dit lyk amper asof dit geblow-wave is.

Ja, van Cyril gepraat. Hy het vir my bang geraak daardie aand toe hy weer sy oester na my kant toe gemik en ek hom amper gehap het. Van daardie aand af los hy my uit. Gister lê ek nog so voor die ossewawielhek en luister na Giepie wat oorkant die straat Koe-koe-roe-koe-koeee, toe val iets plonk! reg voor my. Dit was 'n been met 'n yslike stuk vleis daaraan. Toe ek opkyk, staan Cyril daar met respek vir my in sy houding. So ja, wat ek gedink en terselfdertyd verstaan. Dis maar hoe dit hier is. As jy nie wit is nie en nog vreemd ook daarby, sit almal die honde op jou. In elk geval, van toe af is dit hunky dory tussen my en Cyril. Ek het lank aan die been gekou, en hard genoeg om hom te laat hoor ek het hom vergewe.

16

OP SY TROUDAG wil Gideon Smartryk Briel eenhonderd persent wees vir sy bruid. Daarom gaan sien hy dokters, spesialiste en 'n hoofapostel, glo 'n ou man met 'n baard, sê Mignon. Mignon is 'n slim tefie. Sy het my vertel waarom die twee wat trou, op daardie dag op hulle heel beste wil lyk. Dit is omdat hulle 'n nuwe begin wil maak op hulle eie. Hannie sê Giepie laat na sy tande kyk, sy hare, sy mangels, sy ore, sy hart en bloeddruk, sy hormone, sy prostaat en alles waaraan maar gedink kan word. Al die dokters en spesialiste wat hy gaan sien het, het vir hom gesê hy is fighting fit en dat hy nog stokoud gaan word. Sy siel is ook tip top, sê pastoor Pentz. Almal is tevrede behalwe die oogdokter. Dit was vir Giepie 'n helse terugslag. Hy moes 'n bril kry. Dit was 'n bril met glase so dik soos 'n Coke-bottel se boom en hy het down in the dumps daarmee by die Beeslaers aangekom. Vir Mabel was dié nuwe Giepie net te dierbaar vir woorde. Sy het hom oral op sy gesig en nek gepiksoen, gelag en gesê hy lyk nou baie handsome, geleerd en ook vernaam. "As my voorkoms goed genoeg is vir jou, Mabeline, is dit goed genoeg vir my," het hy gesê. Giepie het hom voorts versoen met sy bril.

Soufie volg nou almal se rate om haar verlore haardos weer te herwin. Sy eet Mrs Boswell se Afrika-aartappels getrek op jenewer, sluk harmansdrup, groen amara, witdulsies, duiwelsdrek en sy smeer alles wat sy in die hande kan kry in haar bles – van klapperolie tot Astra-base en hoendermis. Laasgenoemde is 'n raat wat sy gekry het toe sy een middag vir Niekie van den Berg Radiosondergrense toe gebel het. Dit is uitgesaai en luisteraars het flink gereageer. Die meeste het blou gesweer by hoendermis. Soufie is klaar met dokters want niks wat hulle aan die hand gedoen het, het gehelp nie. Sy sukkel nou ook met hardlywigheid. Stres, sê Huibie Hoëhol. Soufie moet met vakansie gaan, sê sy.

Wat moet sy vir geld gebruik? Washers? vra Soufie. En waarheen moet sy gaan? Na Tango du Toit se wildsplaas wat net in sy kop bestaan? Sy het ook Ray McCauley opgegee, want die vroegste afspraak wat sy kon kry, was in Junie 2003.

Intussen gaan Vleis en Cyril maar aan om die kaal kolle op die lawn toe te probeer toor vir die troue. "Ek is nie 'n man wat met my gevoelens op my mou loop nie," praat Vleis sy hart uit by Cyril, "maar die Here weet alleen, die klomp vroumense hier word nou te veel vir my. 'n Man kan ook net soveel vat!" Niemand waardeer ook iets wat hy doen nie en waar dink hulle moet hy die geld vandaan kry? Soos dit is, moes hy gaan leen vir Mabel se bicycle en hy sien geen verskil aan haar nie. Om die waarheid te sê, die getrappery help haar aptyt net verder aan. Dan is daar nog Sally se bail wat hy aan die kerk moet terugbetaal, Soufie se tonic en dokters en sy is nou al op haar derde pruik. En wat van Rusty? vra hy. "So graag soos ek wil help, kan ek net nie. Jy kan nie bloed uit 'n klip uit tap nie. Deesdae praat ek met die bankbestuurder soos ek met die Here praat."

Cyril het simpatiek gesug, ge-au, 'n slag gespoeg en sy kop geskud. Hy sit ook met mans wat agter sy dogters aan is, maar nie een het eers 'n skaap of 'n bok vir die lobola nie. Wie gaan na hom wat Cyril is, kyk as hy die dag oud is? Regdeur al twee regerings het alles so baie geld gekos dat hy niks opgespaar kon kry nie.

Vleis spit. Daar is nog Elvis, sy eersgeborene. Hy voel jammer vir daardie seun van hom, want hy het sy hart gesit op Minah, vertel hy vir Cyril. Dis nie Elvis wat die kys gebreek het nie. Dis haar mense wat sê die verskil tussen hulle kulture is te groot.

Makkie is pregnant. Huibie Hoëhol blameer Knoffel, die een met die windhondbloed. Mignon sê Huibie sê sy dink dis dinge wat snags daar aangaan in die veldjie by die Emsie Schoeman-sopkombuis. Daar is Jafta ook nog wat sy weer sal moet inneem Poor People's Dispensary toe. Met sy rumatiek slaap hy nou in haar slaapkamer op 'n pienk kussing, maar die jirre weet, daardie Jafta poep haar uit die huis uit. Sy is bang die mense dink dit is sy. Makkie sê ook die reuk is soos die dood self, en nou met die kleintjies in haar maag en waar sy op haar gelukkigste moet wees, depress Jafta se winde haar tot sterwens toe. En dit hou net nooit op nie. Die arme Huibie het ook al 'n paar keer met die stank die Bybel in haar stiltetyd moes toeklap. Want, sê sy, met so 'n reuk kan jy nie Gods woord inneem nie. Wat ou Huibie darem nog regop hou, is dat Boeta, dis nou Kwaliteitvleis Slaghuis se blokman, gereeld kom kuier. Hy het altyd 'n pakkie bene vir Makkie en Jafta en 'n stukkie fillet vir Huibie – soos gewoonlik toegedraai in Krismispapier.

Pastoor Pentz het nuwe woema. Daar is vrede in die buurt en dit beteken die Nagmaal is gered. Hy het 'n ekstra wip in sy stap en hy staan weer mooi vol in sy broek.

Hillies Grobbelaar, model van Modes vir die Groter Vrou, het gehoor van die troue. Sy en Wouter het toe hier aangeklop met 'n halfjack Amarula en aangebied om Mabeline vir haar troue aan te trek. As daar een is wat weet hoe om die Groter Vrou op haar beste te laat lyk, is dit Hillies Grobbelaar. Die Beeslaers het die aanbod met dank aanvaar, waarop Hillies gesê het: "Love thy enemy. It drives them insane." Hillies het ook belowe om uit te kyk vir 'n outsize going-away outfit vir Mabel teen kosprys.

Verder gaan alles maar die gewone stryk. Die weer word warmer en ek is nou weer op Epol. Die Cape Hope word nog geskink, maar matiger, want die Beeslaers raak nie meer so op 'n stasie nie. Daar is eenstemmigheid in die buurt met die troue en die Nagmaal op hande. Almal steek hande na mekaar uit. Huibie Hoëhol gaan die blomme doen en Gissie sal glo sorg vir die roly-polies op die wedding.

Ek, Tsjaka van Frik du Preezstraat nommer 24, hoop namens al ons honde hier dat die Beeslaers darem op die dag van die wedding ook aan ons brakke sal dink. Terwyl hulle dit uitkap en hulle ooreet, is dit nog ons wat die diewe van die huise moet weghou en met No Name Brand moet klaarkom.

17

EEN AAND BEL RUSTY OOK. Ek hoor Vleis se bly en verligte uitroepe. Hy het lanklaas so jollie geklink. Na 'n ruk sit hy die telefoon neer en sê: "Guess what? Rusty-hulle het vier nommers reg met die Lotto. R11 000! Genoeg vir haar en Talitha vir 'n deposit op die cottage met nog ietsie oor vir furniture ook." Hy krap aan sy stoppels, gooi sy hande in die lug op en sê: "Dit wys jou nou net! Wanneer die nood op sy hoogste is, is die uitkoms daar."

"Go on!" roep Soufie uit en sy klink baie verlig. Ek het haar al 'n paar keer hoor huil by Hannie van Oorkant oor die swaard wat oor Rusty se kop hang en dat sy nie weet wat hulle kan doen nie, want sy en Vleis hét net nie die geld nie. Waar móét hulle dit tog uitkrap?

"Maar hoor nou hierdie storie," sê Vleis. "Rusty sê Talitha het 'n vrou in die tehuis gehad met 'n dubbele baarmoeder. Dié vrou het by die dood omgedraai met die kraamslag. Was dit nie vir Talitha nie, was sy oorlede. Maar in elk geval, hierdie vrou, glo 'n Phyllis Shabalala, het vir Talitha 'n tip-off gegee. Gesê die Lotto is gekook met gangetjies met spykers daarin om die regte bolle te laat uitrol. Sy gee toe vir Talitha dié vier nommers en sê: "You treat me nice, I treat you nice. Maar as jy vir een mens daarvan vertel, is ek dood. Jy weet hoe dit is, nè, Suster. Try daardie nommers en jou luck is in. Ek weet, want my man is in charge van die spykers."

"Any case," sê Vleis, "Rusty sê Talitha het gesê dis sommer 'n klomp nonsens, sy laat nie so maklik vir haar ore aansit nie, maar ons Rusty besluit toe om die nommers te speel – sommer net vir die sports. En jou wragtig! R11 000 in die sak."

Kort voor Mabel se troue sien ek 'n snaakse ding: Sally Caravan wat een middag elkeen van Mabel se vyf moesies met 'n garedraad vasbind. Sally het glo die raat op Radiosondergrense gekry. Hulle het gesê as die moesies op so 'n manier vasgebind word, dit na 'n paar dae sal afval. En dit is toe ook presies wat gebeur. Toe Mabel op 'n dag opstaan, lê daar vyf moesies op haar kopkussing. Ek het haar nog nooit so hard hoor skree soos toe sy na Sally Caravan roep nie. Sally het toe Mabel se grootste moesie, die hóófmoesie, die een wat sy sê die wortel van al die kwaad was, in 'n leë Panado-botteltjie gebêre. Nogal vir 'n keepsake en vir good luck, en om haar daaraan te herinner dat die verlede en die oorsaak van al haar ongelukkigheid vir goed verby is. Dit was 'n lelike besigheid, hierdie hoofmoesie – 'n donkerbruine, amper swart, kan jy maar sê, met drie langerige kroeshare daarop.

Maar helaas! Die moesie-soewenier se toekoms was gedoem. Sy einde het gekom nadat Soufie weer die hele dag met een van haar migraines en haar hardlywigheid les opgesê het en in die bed moes bly. Teen die middag was sy half-blind van pyn, en net voordat sy Minorah-blades oorweeg het, het haar oog op die Panado-botteltjie op die vensterbank geval. Skoon simpel van pyn en sonder om te check, het sy die botteltjie oopgeskroef en die inhoud daarvan net so in haar keel afgegooi en gesluk.

Dit het gehelp, het Soufie later vertel. Die kopseer het vir 'n paar dae weggebly. Daar was egter 'n kriewelrigheid op haar pankop, 'n soort stekelrigheid soos iets wat wil deurbars deur die sweetgate. Een oggend, net voordat sy weer hoendermis in haar kopvel wou invryf, sien sy dit: 'n digte, geel donserigheid soos 'n dagoudkuiken. "My got!" het sy uitgeroep en vir Mabel en Sally Caravan geskree om te kom kyk. Die drie is kombuis toe om die wonderwerk daar te gaan aanskou. Sowaar as vet, Soufie se hare groei weer!

"Alles werk mooi uit vir die troue," roep Mabel uit. "Ma se hare groei en my moesies is iets van die verlede." Mabel kyk na die vensterbank en merk dat die Panado-houertjie weg is. "Waar is my moesie?" vra sy angsbevange. "Dit was nét hier. Op die vensterbank, in die pilbotteltjie!"

Dit was skielik stil. Soufie het met groot oë van Mabel na Sally gekyk. Sy het haar hand op haar mond gesit en "My got!" het sy weer uitgeroep. "Ek het dit gesluk vir my kopseer." Dit was weer vir 'n lang ruk stil. Sally het eerste gepraat: "Jirre Soufie, dis Mabel se moesie wat jou hare weer laat uitkom het! Ons moet dadelik Rapport laat weet! En die Huisgenoot! En Radiosondergrense ook! Dis mediese geskiedenis wat ons hier gemaak het! Dink net hoe ons ander kan help: Sluk 'n moesie vir jou bles!"

Die drie vrouens begin lag.

Vleis kom by die sifdeur ingestap. Vir die eerste keer in hy weet nie hoe lank nie sien hy weer sy vrou lag. Hy sien ook die ligte donsskynsel op haar kopvel. Dis soos 'n stralekrans.

Vleis gaan kniel voor sy vrou. Hy het 'n pawpaw in sy hand. Hy hou die oranje-geel vrug uit na Soufie en hy sê sag: "'n Pawpaw vir my darling. Dis die beste raad vir hardly-wigheid, sê doktor Izak de Villiers."

Ek wat Tsjaka is, sal nogal graag wil weet hoe smaak 'n pawpaw.

18

EN TOE GEBEUR DIE DING wat my, Tsjaka van Frik du Preez-straat nommer 24, en al die ander straatbrakke hier se lewens vir 'n lang ruk drasties sou verander. Hannie van Oorkant het met Damnville se knock & drop hier aangekom. "Hoor hier!" het sy opgewonde uitgeroep. "Lees 'n bietjie hier. Wag, ek sal: *Gesoek: opregte Franse poedel. Weggeraak in Damnville/Inflammasieheuwel-omgewing. Reageer op die naam Mignon. R2 000 beloning.* Dis mý Fifi wat ek opgetel het na wie hulle soek! Dink net wat ek alles met daardie geld kan doen! Ek het nou net die nommer gefoun. Fifi se mense kom vanmiddag nog. Wag, ek beter haar gaan bad en poeier."

Al my binnegoed het begin ruk. Ek was skoon deurme-kaar. Maar ek was bly vir Mignon se onthalwe, want hier sou sy haar nog doodtreur, maar wat van my? Wat sou ek doen in die leë dae wat voorlê as sy weg is? Ek kon my nie meer 'n lewe hier sonder daardie Franse poedeltjie indink nie.

Ek het by die ossewawiel gaan lê en Mignon deur 'n wa-sigheid in Hannie van Oorkant se tuin sien trippel. Later het ek aan die slaap geraak en gedroom dat ons op 'n oop veld hardloop. Ons was alleen met niks en niemand in sig nie. Ek kon die gras ruik. Bye het van spriet tot spriet gebrom en dit was mooi. Ek het skielik geweet dat dít die ding is wat hulle vryheid noem, daardie gelukkige land ver weg van hier. Ek het wakker geword van Giepie Briel se Laurika Rauch-CD wat kliphard aan was. Sy het gesing: *Jy is te dierbaar om seer te kry.* Dis 'n klomp simpel woorde van 'n klomp simpel mense, maar iets in my het dit verstaan.

Toe ek my oë oopmaak, het Mignon langs my gesit. Sy het deur die gaping in die ossewawielspeke gekruip en teen my kom lê. Sy het geweet ek weet. Ek het na haar oë gekyk. Sy was bly en gelukkig, maar terselfdertyd ook hartseer. Daar was niks wat een van ons aan die saak kon doen nie.

"Dan is dit soos dit is," het ek gesê. "Dis beter so. Jy moet terug." Ek het my bors uitgestoot. "Kyk na my," het ek later gesê, "om hier te survive, moet jy so lyk. Soos ek. Vol muscles, met 'n been wat hoog kan lig. Jy moet kan byt en hap, No Name Brand kan sluk, heeldag na nonsens kan luister en ba-klei. Ek sal jou mis, maar nou hoef ek my nie meer oor jou te bekommer nie, want hier, my sweetheart, sal jy jou dood-treur."

"As jy net saam met my kon gaan," het sy treurig gesê. Ek het voor my uitgestaar. Die rook van die smeuloonde het oor die huise se dakke begin dwarrel, saam met die reuk van dooie vleis wat van Pretoria-Wes se abattoir af kom. My oë het gebrand. As ek kon saamgaan, sou ek? En toe dink ek aan die tandeborsel en die blow-wave. Nee. Ek is soos Jafta hier uitgespoeg waar ek hoort. En eintlik is dit oukei.

Aan die oorkant van die straat het 'n opgewonde Hannie begin roep. "Fie-fieee, Mammie roe-oep!"

"Weg is jy, Mignon. Laat hulle jou gaan mooimaak dat jy op jou beste kan lyk." Ek het opgestaan, want ek was bang vir myself. Nog een hartseer woord van Mignon, en ek wat Tsjaka is, Damnville se viriele stud, begin grens en sien sy gat.

Mignon se mense het haar nog dieselfde middag kom haal in 'n blink Mercedes. 'n Man en 'n vrou het uitgeklim en stadig met die stoeptrappies opgeklim. Die vrou het met haar vinger na Hannie se Goodyear tyre met die josefsklede gewys en begin lag, waarop die man gesê het: sjuut.

En sy het gewys na die oranjekleurige gipsplaatjie langs die voordeurklokkie en die woorde hardop gelees: 'n Sagte antwoord keer die grimmigheid af.

"Boere-barok!" het sy gefluister. Hulle het gelui. Die deur was dadelik oop, met Hannie opgedress in 'n lang rok en daai ding met fraiings wat hulle 'n poncho noem. Sy het die deur wyd oopgehou maar hulle wou nie binnekom nie. "Leeu Alberts," het die man homself voorgestel. "Advokaat," het sy vrou bygevoeg. "En my vrou, professor Lina Spoes."

Advokaat Alberts het sag gesê: "Ag, Mevrou, ons is 'n bietjie haastig. Ons kom net vir Mignon haal."

"Fifi het baie lekker hier by my gebly en Fifi is nie 'n hond wat alles eet nie. Die kos was duur, so julle sal verstaan van die beloning ..."

"Uit die aard van die saak." Die man het sy hand in sy baadjiesak gesteek. "Ons is natuurlik geweldig bly dat u u oor Mignon ontferm het."

"Sy is soos 'n kind in ons huis," het me. Spoes gesê.

"Sy het lekker gebly hier by my en my boarder," "Net die beste was goed genoeg vir haar. Daarom verstaan ek dat julle 'n beloning wil gee om haar weer terug te kry. Sy het ook vir my soos 'n kind in die huis geword."

"Natuurlik." Die advokaat het 'n koevert uitgehaal en vir Hannie van Oorkant gegee.

Sonder om dankie te sê, het Hannie die koevert oopgeskeur en begin note uittel. "Ek gaan haal gou julle prinsessie vir julle." Sy was skielik vrolik. "Sy is tog te dierbaar."

Mignon was skoongewas en geborsel en daar was weer 'n rooi strik in haar hare. Sy was bly om haar mense weer te sien, maar sy het ook verskrik gelyk. Die vrou met die groot bolla soos 'n koekblik agter haar kop wat op haar lang, dun nek balanseer, het in trane uitgebars, Mignon vasgegryp en aanmekaar uitgeroep: "Mammie se dierbaarste ou meisietjie, ons het jou kom haal my enigste ... Wat makeer haar oortjie dan? Ag siestog, het sy nie die regte kossies gekry nie? Toemaar, ons neem haar nou dadelik na oom Dokter toe!" Me. Spoes het verwytend na Hannie van Oorkant gekyk.

Ek het by die ossewawielhek gesit en na Mignon se verskrikte gesiggie oor die vrou se skouer geloer. Ons oë het ontmoet. Ek het my lyf geskud. Ek hou nie van hierdie mense nie. En om Mignon op te cheer, het ek my bolip gelig en begin knor. 'n Mannetjiesbrak soos ek sal nooit by Wôterkloof se mense aard nie. Al het al ons honde hier lief geraak vir Mignon, het ons geweet sy sal nooit een van ons kan word nie.

Die kar het stadig weggetrek. Die hele buurt se honde was op straat, tot ou Jafta en die pregnant Makkie ook. Mignon het uit die vrou se arms gespring tot op die agterste sitplek, teen die agterste ruit gaan staan en na ons gekyk. Iets in my het losgebreek. Ek het agter die kar aan begin hardloop. Ek het gehardloop en gehardloop, hoe ver weet ek nie. Langs die pad het ek skaars die Tswana-couple, wat niemand groet nie, en hulle Peppie Papiere raakgesien. Uiteindelik het die kar by die highway ingedraai en tussen die ander verdwyn.

Ek het met my bek op my voorpote gaan lê en sonder dat ek wou, het ek 'n geluid gemaak: iets tussen 'n gekerm en 'n gebrul, want ek was ook kwaad, al weet ek nie waaroor nie. Vér, vér agter my het Jafta geantwoord en toe het Makkie en Knoffel en al die ander brakke ingeval.

Volgende week is dit nagmaal. En vir eenmaal in 'n kwartaal sal daar vrede in hierdie dal wees.

Sergeant Kennedy Banda het kom groet. Hy is verplaas na Hillbrow. Damnville het sy senuwees laat oppak. En hy en Sally Caravan het opgemaak.

Agter my op die stoep pomp Giepie Mabel se hand, soen

hy haar nek. In die hok moes daar iets gebeur het, want die hoenders skop 'n kabaal op. Oorkant begin Hannie op haar elektriese orrel oefen. Uit die kombuis hoor ek Vleis sê: "Vooruitgang en geld het 'n ander pad gekies. Dit sluit nie Vleis Beeslaer in nie. My lewe spat uitmekaar. In stukke. Nie die beste cellotape kan dit meer aanmekaar paste nie. Het ek miskien 'n fout gemaak met die nuwe goewerment?"

Dit is hoe dit is in Damnville. Ek ken dit, ek ken dit – 'n lewe sonder trimmings. Jy is óf jollie óf kwaad – die meeste van die tyd kwaad oor alles. Soos mens, soos hond. Wat een uitblaf, het niks te doen met die ander een se storie nie. Maar ons raas en raas en raas teen ek weet nie wat nie. Dis maar soos dit is. En dis goed so. Hunky dory.